A Escuridão Escrita

H. R. de Oliveira

A Escuridão Escrita

PandorgA
São Paulo 2015

Coordenação Editorial
Silvia Vasconcelos
Preparação
Monique D'Orazio
Diagramação
Claudio Tito Braghini Junior
Composição de capa
Marco Mancen
Revisão
Bianca Briones

Texto de acordo com as normas do Novo Acordo Ortográfico da Língua Portuguesa
(Decreto Legislativo nº 54, de 1995)

Dados Internacionais de Catalogação na Publicação (CIP)
(Câmara Brasileira do Livro, SP, Brasil)

Oliveira, H. R. de
A escuridão escrita / H. R. de Oliveira. -- Carapicuiba, SP : Pandorga Editora e Produtora, 2015.

1. Ficção brasileira I. Título.

14-08106 CDD-869.93

Índices para catálogo sistemático:
1. Ficção: Literatura brasileira 869.93

2015
IMPRESSO NO BRASIL
PRINTED IN BRAZIL
DIREITOS CEDIDOS PARA ESTA EDIÇÃO À
EDITORA PANDORGA
AVENIDA SÃO CAMILO, 899
CEP 06709-150 - GRANJA VIANA - COTIA - SP
TEL. (11) 4612-6404

WWW.EDITORAPANDORGA.COM.BR

Sinto como dever dedicar meu primeiro livro
àquela que mais me encorajou a escrever.
Então, dedico este livro à Luciane dos Santos,
minha professora de redação da oitava série.
Sem você este livro não existiria. Muito obrigado.

Sumário

Os segredos de velejar

Sou um marinheiro. É aqui neste barco que passo a maior parte do meu tempo. A maior mesmo. Este meu barco é um pequeno e velho pesqueiro feito de madeira. Acredito que é mais velho do que eu. A madeira úmida incha. Racha. Até se desfaz em algumas partes.

O barco não é a única coisa velha aqui. Olhe estes mapas. Há muito começaram a perder suas cores. Onde eram brancos, ganharam um tom amarelado. Também há bolor neles. Fedem a mofo. Fazem-me espirrar. A bússola está enferrujada, assim como todas as outras peças de metal.

Estou no mar desde ontem. Quero dizer, estive no mar grande parte de minha vida, mas foi ontem que saí do cais. Havia passado alguns dias em terra. Às vezes é preciso um tempo em solo firme. Muito tempo em isolamento, onde tudo à nossa volta é água e, ao longe, um horizonte infinito, pode fazer a gente perder as rédeas da nossa mente; pode fazer com que a realidade escorregue das nossas mãos. Como sempre foi, vim sozinho. Não tenho ninguém para convidar.

Hoje de manhã fui fazer uma omelete. Descobri que todos os ovos que trouxe estavam podres. Abri o primeiro. A gosma caiu na frigideira quente espalhando um fedor por esta minúscula cabine. Fiz o mesmo com todos os outros. Todos podres. Duas dúzias de ovos que tive de jogar no mar. Acabei ficando apenas com bacon, bolachas e café.

Este deteriorado barco é meu ganha-pão desde que eu era jovem. Usava-o para pescar. Contratava dois ou três outros pescadores e íamos para mar aberto. Rendia pouco, sim, mas dava para sobreviver. Nunca precisei de muito.

O sol está se pondo. Olho ao redor. Nada além de uma vastidão de água e um imenso céu de tons pastel com algumas nuvens pintadas nele. Penso se sou o único vendo isso. Ao menos se houvesse mais alguém aqui... Até gostaria que fosse ela.

Foi meu grande amor. Meu primeiro grande amor. Talvez meu único verdadeiro amor. Conhecemo-nos em um fliperama através de uma amiga que tínhamos em comum. Éramos adolescentes. Planos surgiam como fogos de artifício. Planos sobre nós dois. Como casar. Onde morar. Quantos filhos ter. Até que chegou a hora de trabalhar. Fui contratado por um homem que tinha um barco pesqueiro. Lá fui eu para alto-mar.

Quando voltei, lá estava ela à minha espera. Saudades. Gostávamos de caminhar pelo píer. Mãos dadas. Vento nos cabelos. Sal. Planos. Acho que tudo o que fazíamos eram planos porque tudo o que tínhamos era nossa imaginação. Mas eu havia começado a trabalhar. Logo íamos ter dinheiro para começar nossa vida juntos. Ao menos era o que eu pensava.

Um dia, quando atraquei no cais após uma daquelas pescarias, ela não estava lá à minha espera.

Acabou escolhendo outro homem. Não queria se casar com um pescador. Tinha medo que eu partisse um dia e não voltasse mais. Essa foi a desculpa que usou. Não acreditei. Talvez fosse verdade. Não queria viver com medo. Amar alguém que pudesse perder a qualquer momento. Não sei. Ainda não acredito.

Mais tarde casaram-se. Mudaram-se para outra cidade. Começaram uma nova vida. Começaram uma vida juntos. Nunca mais tive notícias.

Bem, vou me deitar. Sempre leio antes de dormir. É um hábito. Desta vez trouxe um livro sobre velejar. Folhas amarelas. Cheiro de mofo. Espirro. Um veleiro, meu sonho que nunca se realizará. Aposto que você também tem um. Vou me contentar com este lixo embolorado e fumarento. Não preciso de mais do que isto. Espirro.

Amanheceu. O céu está nublado. Nuvens escuras, baixas. Vento frio. Preparo o café da manhã. Bacon, bolachas e café. Malditos ovos podres. Hoje notei que as bolachas estão fora do prazo de validade, mas não estão com cheiro ou gosto estranho. Acredito não haver problema em comê-las.

Porcaria. Derramei café em minha camisa. Minha camisa favorita. Flanela. Xadrez. Vermelha. Adivinhe quem me deu? Ela mesma. Pouco depois de nos termos conhecido. Presente de aniversário. Vai manchar. Tiro-a. Limpo com água e detergente. Não adianta muito. Volto a vesti-la.

Começou a chover. Vai ser uma tempestade e tanto. Tenho de voltar para terra firme. Tenho de subir em cima da cabine para buscar minha boina antes que se molhe. Adivinhe quem me deu? Não, não foi ela. Fui eu mesmo quem comprou. É melhor ir logo.

Saio da cabine. A chuva está fina, gelada. Dói ao atingir meu rosto. Subo pelas escadas. Há escadas ao lado da porta da cabine.

A madeira está escorregadia. Pego minha boina. Não molhou muito. Vou descer. Escorrego. Despenco lá de cima. Arrebento-me no chão. Todo meu corpo dói. Principalmente a perna esquerda. Subo a barra da calça. Tomo um susto. Fratura exposta. Fecho os olhos. Não pode ser. Mas é, aconteceu. Respiro fundo. Olho novamente.

Lá está. Quebrei a fíbula, ou terá sido a tíbia? Como vou saber? Sei que quebrou no meio. A ponta da parte de baixo é que está para fora. Uns três centímetros ali, à mostra. Olho bem para aquilo. A chuva limpa o sangue que escorre, deixando a ferida bem visível. Dói muito, mas tenho de fazer isso. Tenho de tocar. Lentamente, tremendo, aproximo o dedo indicador até tocar o osso. Quantas pessoas podem dizer isso? Que tocaram em um de seus próprios ossos?Tenho de sair daqui. Voltar para o cais. Ir a um hospital. Sentado no chão, arrasto-me para dentro da cabine. Maldição. Se ao menos estivesse com alguém aqui para me ajudar. Vou ter de fazer isso sozinho.

Faço um torniquete. Volto lá para fora. Recolho a âncora. Nunca foi tão difícil. Chuva gelada. Volto lá para dentro. Ligo o motor. Fumaça. Fedor de diesel queimando.

O torniquete já tem uma mancha vermelha. Sinto o sangue escorrer pela perna até a meia. Dói muito. Estou suando apesar de estar frio aqui. Vou navegando o mais rápido que posso. Isso significa muita fumaça. Meus olhos começam a arder. O vento está agitando o mar cada vez mais.

Estar sozinho nunca me incomodou. Por que incomodaria? Evita-se muita coisa desta forma. É bem difícil para uma pessoa incomodar a si mesma. Trazer dor. Não estou me referindo à dor física, é claro. Provoquei uma dor física imensa em mim mesmo ainda agora. Também não estou dizendo que é impossível. Apenas difícil.

Por outro lado, como dizem, a felicidade só existe de fato quando é compartilhada, mas não ter com quem compartilhá-la não me faz diferença, não tenho felicidade nesta vida. Então fica tudo bem. Engraçado dizer que tudo fica bem. Como poderia possivelmente estar ou ficar tudo bem? O sangue continua escorrendo. Por cada onda que passo, o barco bate na água. A dor é excruciante. Sinto o osso raspar no torniquete. Mas finalmente, lá está o farol.

Uma carta para a morte

Mais um dia se foi, outro que sobrevivi. O céu escurece. Corremos para as trincheiras. Olho para cima. Vermelho. Há fogo por toda a parte. Bem-aventurado é aquele que consegue dormir. Eu não consigo. Não com o som de bombas ao longe, gemido de feridos ao lado. Não com uma farda ensanguentada. Sangue meu e de tantos outros homens. Não com o fedor de carne podre, urina e fezes deste buraco.

Nossos suplementos há algum tempo acabaram. Às vezes aparece um rato. Dedicamos muito mais forças a pegar esse rato do que a pegar o inimigo. Desesperados, corremos atrás da criatura assustada. Comê-los não é uma boa ideia, acaba-se com diarreia. Também não dá para sair daqui, procurar um lugar apropriado. O único papel que temos é o dos mapas e aquele para cartas. Ainda temos todos os mapas e escrevemos todos os dias. Acredito encontrarmos conforto em escrever para casa. Esperamos ansiosos pela noite, para podermos segurar um lápis e um pedaço de papel, isolarmo-nos dentro de nossas cabeças, em um lugar quente e seguro, rodearmo-nos daqueles que amamos.

Tenho a impressão de que esta é a última carta que escreverei. Não há mais o que escrever àqueles que ficaram em casa. Já tanto lhes disse o quanto sinto saudades, tanto falei das coisas que quero fazer, dos lugares aonde quero ir quando voltar. Mas a esperança de voltar se foi. Não vou mais lhes escrever. Não há mais o que dizer.

Olho cada um destes homens. Todos com o olhar parado. Suas mentes longe daqui. Rostos pálidos, marcados, manchados. Vermelho. Sem expressões. Sem esperanças. Cansados. Famintos. Medo. Deus, há muito, foi um dos que ficaram para trás. A maior parte do meu pelotão também. É apenas uma questão de tempo até chegar a minha vez.

Não escrevo para casa. Tudo o que restou para ser dito é sobre este lugar. Casa não existe mais. Não para nós. Por isso escrevo a ti. E não preciso enviar-te esta carta, pois já estás ao meu lado, lendo-a enquanto escrevo.

O homem que teria matado o amor ou A putrefação de um deus

Gregório Ezrin era um colecionador peculiar. Olhava-se para ele e já se via que era um homem excêntrico. Alto, magro. Dono de um bigode fino cujas pontas virava levemente para cima. Morava sozinho em sua grande casa situada em um bairro nobre. Nesta casa havia uma sala enorme, onde guardava sua coleção.

Ficava no subsolo. Uma sala escura, teto branco, paredes cobertas por um papel de parede cinzento, carpete azul marinho forrando o chão. Qual o tema de sua coleção? Bem, criaturas fantásticas.

Logo ao entrar, via-se iluminado por alguns feixes de luz um grande cavalo branco embalsamado. Em sua cabeça, um único chifre. Um pouco adiante havia algumas caixas de vidro no chão. Outras, em armários. Eram aproximadamente do tamanho de um frigobar. Cada uma tinha como conteúdo, um duende diferente. Diferentes entre si.

Criaturas feias eram esses duendes. Pele cinzenta, enrugada. Cabelos brancos, ralos, crespos. As roupas, uns farrapos imundos, rasgados, que não lhes cobriam o corpo propriamente. Seus olhos, costurados com barbante preto, assim como os lábios.

Mais ao fundo, um pedestal um pouco mais baixo do que um homem de estatura mediana, de modo que a caixa de vidro que sustentava ficasse à altura dos olhos da maioria das pessoas. Esta caixa, iluminada por um só feixe de luz, guardava um duende também. Porém, muito peculiar, mesmo em uma coleção de seres fabulosos. A caixa, da dimensão de um cubo mágico. A criatura, tão pequena que caberia debaixo de um cogumelo. Sua pele, azul. Apesar de não vestir o tronco, suas pernas eram cobertas por uma calça branca; sua cabeça, por um gorro da mesma cor.

Em alguns dos armários havia caixas como aquelas onde guardam insetos os colecionadores desta classe. Todas do mesmo tamanho. Dentro de cada continente, uma fada.

Aquela pele cinza, enrugada. A carne dura, fria. Asas coloridas presas por alfinetes dourados. Eram muitas delas, espalhadas por toda a sala.

Nas paredes, presas como se fossem quadros, mais caixas de vidro. Estas eram um pouco maiores em relação às que continham duendes. Colocadas a uma altura relativa àquela ostentada pelo pedestal previamente mencionado, cobriam as quatro paredes. Estavam posicionadas umas ao lado das outras, separadas por uma distância de uma caixa e meia. Um feixe de luz para cada uma.

O conteúdo destas, o mais valioso e querido com mais predileção pelo colecionador. Cada uma daquelas caixas de vidro continha um cupido.

Era desses itens de sua coleção que Ezrin sentia mais orgulho. Uma coleção digna de um homem tão grandioso quanto ele. Ao menos assim proclamava-se: grandioso. Se bem que, apenas pelos itens — artefatos, seres, como prefira chamá-los — por ele juntados, poderia se dar o direito de se considerar tão grande, já que exatamente por esse motivo, ele era.

Toda noite descia até a sala para contemplar suas criaturas, cada um de seus seres embalsamados. Parava. Observava. Sentava-se na poltrona logo à porta, tendo um confortável ponto de vista para todo o cômodo. Taça de vinho. Copo de uísque. Dependendo do dia que tivera.

Foi em uma dessas noites, em um desses momentos de contemplação refletiva, que Gregório sentiu algo que era de se esperar de uma pessoa como ele, mas que ele não esperava de si mesmo. Ezrin sentiu sua coleção incompleta.

Faltava algo. Algo que a fizesse a mais extraordinária de todas. Algo tão magnífico e raro que jamais outro colecionador a superasse. Então, ocorreu-lhe a ideia: ter um ser tão glorioso que faria de sua coleção a mais fabulosa que já houve e haverá. Perfeita. Completa. Agora precisava apenas encontrar e capturar tal ser.

Após alguns dias passados sentado em sua poltrona, pensando em sua ideia, Gregório saiu de casa. Foi até o café de costume. Um lugar frequentado por pessoas de seu tipo. Encontravam-se ali jornalistas, professores, artistas, críticos.

Era manhã de final de outono. Ruas silenciosas, quase dormentes. Frio. Calçadas cobertas por folhas secas logo abaixo das árvores nuas, de corpo escuro e úmido.

No estabelecimento, Ezrin pediu uma xícara de café. Fingindo ler uma revista, observava as pessoas ali presentes. Procurava uma mulher que lhe interessasse. Era parte de seu plano para concluir sua coleção.

Foram mais de duas horas, ninguém ali que despertasse sua simpatia. Café frio. Até que entrou uma moça que o fez esticar um dos cantos da boca. Haveria de ser aquela. Primeiro a faria apaixonar-se por ele. Depois ele teria de apaixonar-se por ela. Essa era a parte que o preocupava.

Foi até a mesa dela. Disse algo. Ela respondeu sorrindo. Ele sentou. Iniciou uma conversa. Mais duas horas. Outro café frio.

Não foi necessário muito tempo — interprete isso como alguns dias — para que estivessem juntos. Todavia, ainda ia demorar um tanto mais para que ele realmente gostasse dela. Não que houvesse algo de errado nela, até mesmo pelo contrário. Era apenas o café frio.

O tempo foi passando e passando e, por muito esforço e força de vontade, brotou em Gregório um pequeno amor por aquela mulher. Bem alimentado, esse amor cresceu, igualando-se ao que a moça tinha por ele.

Foi difícil para ele, mas tinha de fazer isso, era o único meio de conseguir o que queria. Depois de tanta astúcia, surgira ali uma relação de tal harmonia, de tal perfeição que, com eles, cupidos deliciavam-se, regozijando-se com deleitantes banquetes de amor.

Logo ele haveria de aparecer. Ezrin sabia. Ainda tinha em mente seu objetivo, o motivo de ter se envolvido com alguém. Quando aparecesse, Gregório estaria atento e preparado.

Mais um outono. Repartiam os dias e noites entre suas casas. Um tempo na dela. Um tempo na dele. Outro outono. Ele nunca mostrou-lhe a sala subterrânea. Nunca mencionou uma coleção. Café quente. Ela até pode ter perguntado sobre a porta trancada. Ele com certeza contornou a situação. Café frio.

Certa madrugada, na casa dela, ambos deitados na cama. A brisa fria entrava pela janela, fazendo a cortina dançar sobre os dois. Para um lado, para o outro. O calor entre eles aumentando. Lençóis absorvendo o suor que escorria de seus corpos nus. As batidas daqueles dois corações acelerando. Batendo forte. Café quente. Duas mãos fortes agarrando as almofadas. Uma segurando forte os cabelos. Ela de olhos cerrados. Gregório Ezrin de olhos abertos, bem abertos, esperando. Era chegada a hora.

Logo acima da cama, na parede em que estava encostada, surgiu um ponto de luz. Esse ponto transformou-se em pequenos feixes, como que saindo de um pequeno orifício naquela parede. Os feixes foram crescendo, aumentando, formando uma abertura na parede, que cresceu até que um homem em pé pudesse passar por ela. Mas ninguém passou. Ninguém veio. Ninguém surgiu da luz.

Gregório levantou-se e ficou em pé na cama. Levou o braço até a abertura. Boquiaberto. Olhos arregalados. Lentamente andou em direção à luz. Tocou-a. Quente. Confortável. Continuou até todo seu braço tê-la atravessado. Depois o rosto, o pescoço, os ombros até todo o corpo ter passado.

Do outro lado, ele esperava uma grama fofa. Tempo ameno. Belos seres de semblante pacífico com um suave sorriso nos lábios. Mas não foi bem assim.

O chão era duro, rochoso. O tempo, frio. O céu, nublado. As nuvens movimentavam-se depressa. Sequer iam à mesma direção. Alguns arbustos de folhas ásperas e escuras. Um vento forte que trazia um odor horrível.

Ezrin começou a andar. Bem devagar. Bem silenciosamente. Depois de poucos passos, avistou algo que lhe chamou a atenção. Um corpo caído ali, em meio às pedras. Um corpo vestido numa túnica branca. Foi até lá. Quando chegou, ficou pasmo. Havia encontrado aquilo que queria.

Mas algo estava errado. Aquele fedor vinha dali. Vinha daquele corpo no chão. Gregório aproximou-se ainda mais. Pousou um joelho no chão. Virou aquele corpo. A pele escura, pálida, esticada. As unhas expostas. Pouca carne. Muito fedor. O que houve? Como poderia ter morrido? Ezrin não se importava. Havia conseguido o que ambicionava. Colocou o corpo nos ombros. Carregando-o, voltou a passar pela luz.

Era por volta do meio-dia quando o telefone na casa de Gregório Ezrin tocou. Ele próprio atendeu. A moça havia ligado, pedindo desculpas por ter caído no sono na noite passada e dizendo não se lembrar muito bem do que havia acontecido antes de adormecer. Devia ter bebido menos, disse ela. Quando acordou, ele não estava lá. Devia ter se levantado bem cedo e não quis acordá-la, não é? Então ela perguntou se fariam algo juntos naquela noite. Obteve uma resposta clara, direta:

— Não me ligue mais, não me procure e esqueça tudo o que passamos juntos.

Desligou. Entrelaçou os dedos com os cotovelos apoiados nos braços de sua poltrona. Seus olhos brilhavam. Exalava orgulho. A glória emanava dele. Sentia-se o maior dos homens. Era o maior dos colecionadores.

Percorrendo os corredores, descendo as escadas até o subsolo, entrando na sala da coleção, esta foi encontrada diferente. Encostada em uma das paredes onde outrora havia cupidos, estava agora apenas uma enorme caixa de vidro pousada no chão. Nela, em pé, de pernas afastadas e braços abertos, morto, apodrecido, mas agora, embalsamado.

Era ele, Eros.

Cave mais um metro

Imagine um quarto. Chão de madeira. Papel de parede verde-claro. Velas. Uma luz amarela, trêmula. Uma pequena janela. Do lado de fora, um céu negro, estrelado. No centro desta sala, feita em porcelana branca, uma banheira cheia de água. Água gelada. Água vermelha. Dentro dela, uma senhora. Pele clara. Cabelos escuros. Olhos fechados.

Aquela era sua casa. Lugar de onde raramente saía. Toda de madeira. Típica cabana de praia. Um quarto. Um banheiro. Sala. Cozinha. Bolor entre as paredes e o teto, causado pela umidade. Umidade que o papel de parede absorvia, dando forma a manchas escuras de bordas claras. Chão empoeirado. Móveis empoeirados. Fechaduras, dobradiças e maçanetas enferrujadas. Ela ficava ali, em meio àquilo tudo, o dia todo.

Ventava lá fora. Frio. O mar, agitado, quebrava suas ondas nas pedras cheias de limo daquela falésia. Dentro da casa, a lareira estava acesa. Era quente. Todavia, a água da banheira estava fria, em equilíbrio com seu corpo.

Corpo usado. Começavam a aparecer sinais de velhice nos ombros. A pele enrugava-se ao redor dos olhos. Na testa. No pescoço. As mãos para fora da banheira, também enrugadas. Assim como as pontas dos dedos, mas estes, somente por terem ficado dentro d'água por muito tempo.

Ela não deixava aquela casa por medo de seu marido não encontrá-la esperando por ele quando chegasse. Então ficava ali à sua espera, dia após dia.

À noite seu sono tornara-se leve. A qualquer ruído diferente de vento ou de mar, acordava. Corria até a janela segurando um xale sobre os ombros. Nunca era ele.

Não. Ele não partira para o alto-mar em uma pescaria e nunca mais voltara. Fora para alguma terra longínqua em busca de fortuna. Naquele dia em que se pôs a caminho, foi a última vez em que ela o viu.

Perambulava pela casa a maior parte do tempo. Saía somente para comprar o que precisava para sobreviver. Ou então para uma breve caminhada pela falésia. Mas nunca ia muito longe. Queria sempre a casa à sua vista, caso ele chegasse.

Enquanto estava em casa, às vezes mexia nos pertences do marido. Vendo fotografias de quando serviu — foi quando ela o conheceu. Cheirando suas roupas. Pertences deteriorados. Fotografias perdendo a cor. Roupas comidas pelas traças. Olhava-se no espelho, via que seguia o mesmo caminho.

Passava um bom tempo tentando imaginar como ele estaria, qual sua aparência. Não gostava de imaginá-lo como era quando a deixou. Ela mudou. Ele também haveria de ter mudado.

Sentava em sua poltrona, de frente para a poltrona dele, com um bule de chá quente na mesa ao lado, fantasiando sobre o momento em que ele voltaria e como seriam as coisas então. Um então que, de tanto demorar, deixou de existir.

Já que o retorno de seu marido era sua única razão para viver, decidiu que era hora de deixar de existir também. Portanto, na última ida à mercearia, além do usual, comprou alguns frascos de xarope e algumas garrafas de vodca. Voltou à sua casa. Começou os preparativos.

Colocou a água para esquentar. Acendeu a lareira. As velas. Abriu uma das garrafas de vodca. Bebeu do gargalo. Fez cara feia. Tirou o bule de chá frio de cima da mesa ao lado de sua poltrona. Pôs a mesa ao lado da banheira. Pegou a caixa onde guardava as fotografias. Aquelas com seu marido. Aquelas com ela. Aquelas com os dois. Tirou de lá as suas favoritas. Mexeu nos pertences dele.

Foi até ao banheiro. Encheu a banheira com a água já quente. Tirou a roupa. Peça por peça. Seu corpo corroído. Entrou. Primeiro os pés. Depois sentou-se para assim, vagarosamente, deitar-se.

Junto dos frascos de xarope, ao lado da banheira, em cima da mesa, havia uma navalha. Objeto do marido. Foi o que pegou quando mexeu em seus pertences. Ali estavam também as fotografias que tirou da caixa. Olhava. Via como ela era. Como ele era. Como eles eram.

Chegou à metade da garrafa de vodca. Pousou-a de volta no chão. Pegou um dos frascos de xarope. Bebeu por inteiro.

Pegou a navalha. Viu seu reflexo na lâmina. Lâmina que perdeu o brilho e enferrujou-se. Olhou para seus olhos.

Única parte que não se deteriorara. Continuavam os mesmos que foram no dia em que conheceu seu marido. Tão lindos.

Pousou a lâmina na vertical em seu pulso. Pressionou. Puxou. Fez o mesmo no outro braço. Colocou-os dentro da água quente. Permaneceu ali daquela forma por um longo tempo. Lembrando. Fitando as chamas das velas. Imaginando. Observando o movimento das trêmulas sombras nas paredes. Até que sua visão começou a escurecer. Então, colocou os braços para fora da banheira. Pesados. Fechou os olhos. Foi como dormir.

As estrelas foram desaparecendo, dando espaço para somente uma brilhar no céu. As velas apagaram-se. O vento se manteve. A água esfriou. O mar continuou. O fogo da lareira desapareceu.

Do outro lado da porta, ouviu-se um ruído diferente do vento e do mar. O som das solas de sapato esfregando-se no tapete. Abriu-se a porta, e entrou primeiro um cachecol balançando-se ao vento. Uma mão coberta por uma luva de couro preta, segurando a maçaneta fechou a porta. Era um homem de chapéu. Tirou-o. Também estava deteriorado, mas era ele.

Be mine

Inspirado na ilustração de mesmo nome
do artista, Sverre Malling.

— Sim, claro.

— Mesmo na sombra, não é?

— Sim.

— Está mesmo difícil.

— Precisa chover.

— Pois é. Há quanto tempo não chove?

— Uns vinte dias.

— Este calor ainda vai nos matar.

— Preciso desligar. O xerife Dawson chegou. Depois ligo para você de volta.

— Susan. Se você visse o que aconteceu lá na fazenda dos Williston. Olhe, que Deus nos guarde, aquilo foi um show de horrores. E assim, do nada. Quero dizer, todos sabíamos que aquele menino, o filho de Emmett e Leora, era perturbado. Sabe, os parafusos meio frouxos. Mas, que Deus me ouça, nunca o culpei disso. Com tudo o que aconteceu naquela família, no mínimo meio louco ele deveria ficar. Mas com certeza eu não esperava por isso. Com certeza não esperava.

— Muito sangue, xerife?

— Muito sangue? Oh, Susan. Todo o sangue e mais daqueles dois corpos. Se você visse... E olhe, que Deus guarde você de nunca ter de ver algo como aquilo... Quem diria? Quem diria?

— Sabe, as coisas não iam bem mesmo, lá na fazenda dos Williston.

— Como assim?

— Sabe como é, rumores.

— Rumores?

— Sim.

— O que você quer dizer?

— O senhor sabe. As pessoas conversam e a gente fica sabendo das coisas que acontecem por aqui.

— Você está falando daquela fofoca que acontece no salão da Rose?

— Mas não é fofoca, xerife. As pessoas falam o que ouviram. E não é só no salão da Rose. Na mercearia. Na igreja.

— E o que você ouviu para dizer que as coisas não iam bem lá na fazenda dos Williston?

— Bem, xerife. Sabe, desde que Maribelle foi morar lá com os Williston, andei ouvindo histórias sobre ela e Billy.

— Que histórias, Susan?

— Histórias sobre, sabe, uma suposta relação entre os dois. Uma relação afetuosa, xerife.

— Que isso, Susan? Que Deus me guarde. Quero dizer, eu sabia que Billy tinha uma queda por Maribelle, mas nada que fosse fazê-los se aproximarem. Quero dizer, Maribelle era comportada e os pais de Billy não deixariam seu filho se relacionar com uma prima.

— Na verdade eles eram primos de segundo grau, xerife.

— Que seja, Susan. Nada disso explica o que aconteceu lá. Nada disso.

— Desde que o senhor Emmett e a senhora Leora se foram, Billy e Maribelle poderiam ter se aproximado. Quero dizer, as pessoas conversam, sabe.

* * *

Billy puxou a regata branca suja de graxa, descolando-a do corpo. Tirou o boné. Limpou o suor da testa com as costas da mão. Pôs o boné de volta. Boné rasgado. Também sujo de graxa. Voltou sua atenção para dentro do cofre do motor de sua camionete. Mais uma vez com problemas. Nada que ele não pudesse remendar.

Ouviu uma porta se fechar. Olhou para o trailer que ficava em sua propriedade, não muito afastado de sua casa, em frente da qual a camionete estava parada.

Era nesse trailer em que ela morava. Cozinha, quarto, banheiro. Bem pequeno. O suficiente para apenas uma pessoa. Maribelle acabava de sair de lá com uma bacia nas mãos.

Pousou a bacia no chão. Usando pregadores, pendurou no varal todos os lençóis e fronhas que estavam dentro da bacia. O varal era alguns fios presos no trailer e em duas estacas um pouco mais altas que o atrelado, fincadas na terra. Ela pegou a bacia do chão. Foi em direção à porta do trailer com um leve sorriso nos lábios, perdida em seus pensamentos.

Susto.

— Meu Deus, Billy. Você me assustou.

— Desculpa. Não tive a intenção de te assustar. Só pensei em vir até aqui para ver se você precisa de ajuda com alguma coisa.

— Obrigada, Billy, mas estou bem. Não preciso de nada. Ao menos não agora.

— Tudo bem, Maribelle. Mas se precisar, não hesite em me chamar.

— Chamarei sim, Billy. Pode deixar.

Ouviu a mesma porta fechar-se outra vez.

* * *

— Você sabe por que Maribelle foi morar lá com os Williston, Susan?

— Mas o senhor nunca soube, xerife?

— Eu nunca soube, Susan, é por isso que estou te perguntando.

— Ela era órfã.

— Também?

— Por isso foi morar lá.

— Como os pais dela morreram?

— Bem, o pai era caminhoneiro e dormiu ao volante. Isso pouco depois dela ter nascido. A mãe teve câncer. Como a senhora Leora era prima da mãe de Maribelle, os Williston a acolheram.

— Pobre garota.

* * *

— Billy?!

— O quê?

— Seu pai está chegando com sua prima. Vá lá fora dar-lhes as boas-vindas.

Billy ficou na varanda observando a camionete se aproximar. Lá estava ela. Sua prima que iria morar com ele. Nunca tivera contato com garotas antes, além daquelas que via na igreja quando seus pais o levavam com eles.

Ouviram-se as portas da camionete se fecharem.

— Billy. Esta é Maribelle, sua prima que vai morar conosco.

— Oi, Maribelle. Prazer em te conhecer.

— Oi, Billy. Prazer em conhecê-lo, também.

— Maribelle, minha sobrinha, como é bom te ver de novo.

— Oi, tia Leora. É muito bom vê-la também.

— Vamos entrar agora? Este sol está nos matando.

Já dentro da casa, Leora mostrava a Maribelle o cômodo que iria lhe servir de quarto.

— E é neste armário aqui onde você poderá guardar suas roupas.

— Muito obrigada, tia Leora. Sou muito agradecida por vocês me deixarem morar aqui.

— Que isso, Maribelle. Você é família. Esta casa é sua também. Vou até cozinha para começar a preparar o jantar. Fique à vontade, menina.

— Tudo bem, tia.

— Ela não é um amor, Billy?

Billy estava à porta, observando a garota como um cão de estimação observa um segundo animal ser trazido para seu território.

— Parabéns a você...

— Fuuu...

— Fez um desejo, Maribelle?

— Não nos conte ou não vai se realizar!

Duas velas em cima do bolo. Uma na forma do número um e outra na forma do número três. Naquele ano, Billy havia completado dez anos. Havia dez velas sobre o bolo dele.

— Treze anos! Você já é uma moça. Eu te fiz um vestido. Quero que você experimente depois.

— Muito obrigada, tia. Vou experimentar, sim.

— Eu te trouxe uma boneca lá da loja...

— Que isso, amor? Maribelle, já é uma moça, não é?

— Estou brincando. É algo que será muito útil nesta nova fase da sua vida. Um diário. Assim você pode pôr todos os seus segredos aqui. Não precisará arrastá-los por aí com você.

— E você, Billy? O que tem para Maribelle?

Billy havia ficado em silêncio, apenas observando a garota abrir os presentes de seus pais enquanto segurava o seu nas mãos.

— Aqui está. Fui eu mesmo que fiz.

Ela retirou as fitas adesivas, assim como fez para abrir os outros dois embrulhos. Cuidadosamente tirou o presente.

Eram dois bonecos de madeira, um ao lado do outro. Um menino e uma menina de mãos dadas. Não eram envernizados, nem pintados. A sala ficou em silêncio. Nem um ruído. Nem um movimento. Apenas o cheiro da fumaça de velas recentemente apagadas misturado ao odor de madeira recentemente cortada.

Seus pais sabiam o que aquilo significava. Maribelle, talvez tenha tido uma ideia do que poderia ser.

— Obrigada, Billy. É lindo.

* * *

— Não há como sabermos como é. Que Deus me guarde. Aqueles dois jovens eram órfãos. Como deveria ser para eles?! Terem de se virar sozinhos assim. Do dia para a noite, sozinhos neste mundo. Quero dizer, Maribelle perdeu os pais e então os tios.

— Você está dizendo que Billy também era órfão?

— Jesus, Susan. Você não sabia?

— Não!

— Os Williston morreram no tornado Mariana.

— Meu Deus!

— Eles estavam voltando para casa quando foi dado o sinal. Um pouco tarde, pois o Mariana já havia se formado e estava tocando o chão. Eles pararam a camionete e correram para uma vala. Teria dado tudo certo se não fossem os postes de luz daquela estrada terem sido derrubados pelo tornado e a fiação elétrica ter caído em cima dos dois.

— Meu Deus!

— O tornado chegou a passar pela fazenda dos Williston. Billy e Maribelle estavam lá quando isso aconteceu. Os ventos fortes arrancaram parte do telhado da casa, parte dos galhos da árvore que fica ao lado da casa. Destruíram o cata-vento. Billy nunca consertou nada disso. Nem mesmo a camionete que seus pais largaram na estrada. Apenas faz alguns remendos quando o motor para de funcionar. Eu que fui dar a notícia àquelas duas crianças. Eu quero dizer, pelo amor de Deus, Billy tinha doze anos naquela época. Nunca me esquecerei daquele dia. Desde então, Billy veio ficando cada vez mais estranho a nós. Mas você não tinha vindo de Idaho aqui para baixo até alguns anos depois. Por isso não sabia.

— Meu Deus.

* * *

Ouvia-se o ranger de metal enferrujado. Um vento brando tentava girar o catavento atrás da casa de Billy Williston. Não conseguia. Apenas fazia um curto movimento para a esquerda e para a direita.

Logo abaixo estava Billy. De joelhos na terra, colhendo algumas flores. Azaleias vermelhas. Levantou-se. Juntou-as na mão formando um ramo. Dez. Dez azaleias vermelhas.

Ouviu-se alguém bater à porta. Maribelle pousou na cama o livro que lia. Dirigiu-se à porta. Abriu.

— Olá, Billy.

— Oi, Maribelle. Colhi isto para você.

— Azaleias? Onde as conseguiu? Não são comuns daqui.

— É... Encontrei-as por aí. Então? Você, uma garota tão legal, deve saber o significado das flores, não? Sabe o que essas querem dizer? Azaleias vermelhas?

— Não, Billy. Por quê? Está querendo me dizer algo?

— O que você faz o dia todo, trancada neste trailer, há? Nenhum desses teus livros te ensinou algo sobre flores?

— Obrigada pelas flores, Billy, mas já te pedi para não me dar mais presentes.

— Então é assim? Mesmo que você nunca tenha feito algo por mim, eu venho até aqui oferecendo ajuda, presentes e isso é o que recebo em troca? É?

— Talvez seja melhor você ir, Billy. Por que não conserta o telhado da casa? Sempre molha lá dentro quando chove.

— Por que você se importa com isso? Sou eu quem mora lá. Você fica aqui, confortável e seca neste trailer que eu consegui para você, não fica? Por que você não passa na biblioteca da cidade para ler um livro sobre flores?

Ele entrou na casa, deixando-a à porta do trailer, confusa e aparentemente um pouco assustada. Ela sabia por que ele havia lhe dado flores. Não importa quais são, quando um homem dá flores a uma mulher, só há um significado.

Mas Billy estava furioso. Tanto trabalho e cuidado investiu naquelas flores e tudo o que conseguiu dela foi uma ordem para não trazer mais presentes.

Ele sentou-se no sofá empoeirado. As molas da mobília rangeram. Ficou ali com o olhar parado por alguns segundos. A mente vazia. Então, notando com o canto da visão o buraco no teto, lembrou-se do que Maribelle havia lhe dito. Realmente devia consertar aquilo.

Saiu da casa. Antes mesmo de descer da varanda viu que havia, entre a casa e onde a camionete estava estacionada, alguns pedaços de madeira jogados na terra. Poderia usar aquilo para uns remendos. Lembrou-se, também, que estavam ali já fazia um mês. Trouxe-os da madeireira para fazer o conserto. Nunca chegou a sequer começá-lo. Iria fazê-lo agora.

Foi até a camionete. Abriu a tampa da caçamba. Tirou de lá de dentro um par de pneus. Jogou-os junto aos pedaços de madeira na terra. Voltou. Outro par de pneus. Mais uma vez de volta à camionete. Desta vez tirou de lá um palete sobre o qual estava o conjunto de pneus. Levou-o além de onde deixou os pneus. Encostou o palete à parede da casa. Bateu as mãos a fim de tirar a poeira delas. Precisaria de pregos.

Ouviu-se alguém bater à porta. Livro na cama. Abriu a porta.

— O que foi, Billy?

— Sabe, Maribelle, decidi arrumar o telhado.

— Que bom, Billy.

— Mas vou precisar de pregos e não temos nenhum aqui. Então, vou até a cidade comprar alguns. Você precisa de algo? Quer ir junto? Sair um pouco aqui da fazenda.

— Obrigada, Billy, mas não preciso de nada e prefiro ficar por aqui mesmo.

— Tudo bem, Maribelle, mas você podia ir comigo e pegar um livro sobre flores lá na biblioteca!

Disse isso enquanto, já de costas, afastava-se dela, indo em direção à camionete.

Outra vez ela lá da porta, tentava entender por que ele falava daquela forma, enquanto observava a camionete passar pelo trailer e desaparecer de vista.

Ouviu-se um veículo se aproximar. Manteve o livro em suas mãos. Os olhos correndo as linhas. Passou pelo trailer. Parou. Desligou o motor. Ouviu-se uma porta se abrir. Ouviu-se a mesma se fechar. Virou a página. Os olhos seguiam as linhas, mas a mente estava perdida em sua imaginação despertada pelo livro. Ouviu-se baterem à porta.

Ela tomou um susto. Irritada, pousou o livro na cama. Abriu a porta.

— O que você quer desta vez, Billy?

— Acabo de voltar da cidade, Maribelle.

— Sim, Billy. Isso eu posso ver.

— Comprei pregos, sabe. Para consertar o telhado.

— Mas foi isso o que você foi fazer lá, não foi?

— Sabe, eu passei em frente à floricultura e… Eu sei que você me pediu para não lhe trazer mais presentes, mas, eu achei que você fosse mesmo gostar destas aqui. São gerânios. Cada cor de gerânio tem um significado diferente, sabia? Esses dois são cor-de-rosa.

— Sim, Billy. Isso eu posso ver.

— E são dois. Entendeu?

— Não, Billy. Não entendi.

— Você não é muito esperta para alguém que passa o dia lendo! Eu devia era ter trazido para você um livro sobre flores, isso sim!

Outra vez a última frase da conversa foi dita quando ele já estava de costas e se afastando do trailer. Ela, por outro lado, estando cansada da atitude dele, simplesmente voltou para dentro, fechando a porta.

Billy, dentro da casa, gritando, jogou o saco de pregos contra a parede, fazendo com que se arrebentasse, e pregos voassem por toda parte. Apoiou-se com as duas mãos na mesa de jantar. Respirou fundo.

O sol estava baixo. Raios de luz tocaram seu rosto. Entravam por frestas nas paredes. Então não era apenas o telhado que precisava de conserto. Os raios também entravam pelas duas janelas daquela mesma parede. O vidro, tão imundo que era opaco. Ferramentas.

Subiu até ao sótão. Pegou a caixa de ferramentas. Também havia buracos naquelas paredes. Teria sido o tornado que abriu aqueles ali? Ele não se recordava. A pequena janela ali estava tão suja quanto aquelas lá embaixo. A casa não era limpa desde que sua mãe faleceu. Quem sabe se ele consertasse o telhado e as paredes e limpasse toda a casa, Maribelle não o visse de outra forma. Desceu as escadas.

Pousou a caixa de ferramentas em cima do balcão da cozinha. Abriu o armário debaixo da pia. Alguns produtos de limpeza. Há quanto tempo estavam ali? Não iam servir. Teria de ir à cidade novamente.

Levantou-se. Sentiu a camisa colada nas costas. A ida à mercearia ia ter de ficar para depois. Resolveu tirar uma lata de cerveja da geladeira. Sentou-se no sofá. Molas rangeram. Ligou a televisão. Abriu a cerveja. Noticiário.

— A previsão é de chuva neste fim de semana para todo o estado. As nuvens já devem chegar hoje...

Os raios de luz que entravam pelos buracos nas paredes e janelas opacas foram subindo, apontando para o teto até desaparecerem. Por essa hora, a cerveja já havia ficado quente.

Billy chacoalhou a lata. Ainda havia um pouco. Virou a lata. Assim que a cerveja chegou à sua boca, cuspiu-a no chão. Olhou para o que havia acabado de fazer. O que Maribelle pensaria dele se visse aquilo? A cerveja no chão ia ficar ali até o próximo dia. Quanto ao teto, ele tinha de catar aqueles pregos do chão primeiro.

Um por um voltaram ao saco. Pegou a caixa de ferramentas de cima do balcão da cozinha. Foi lá para fora. Pousou-os no chão da varanda. A caixa de ferramentas e o saco de pregos. Desceu da varanda. Olhou para o telhado. Olhou ao redor. Lembrou-se de que não tinha uma escada. Ótimo. "Quem sabe Maribelle não tem uma". Ele sabia que ela não tinha.

Ouviu-se alguém bater à porta. Livro na mesa ao lado do sofá em frente à televisão. Desenho animado.

Abriu a porta.

— Billy.

— Eu estava para arrumar o telhado quando me lembrei de que não tenho uma escada para subir lá. Por acaso você tem uma?

— É claro que não tenho uma escada, Billy. Você devia saber disso.

— E você devia saber sobre flores. Por que você tem toda esta lenha aqui? Está planejando alguma coisa? Chamar um pessoal para assar *marshmallows* aqui? Algo assim? Sabe, se foi por isso que você se deu ao trabalho de cortar toda esta...

— Billy! Foi você quem cortou essa lenha.

— Sério? Hum. Então, você não tem uma escada mesmo, não é?

— Não.

— Você notou o pôr do sol hoje? Não está lindo?

— Billy. O que você quer?

— Você não vê?! Eu cuido de você. Trago flores. Falo do pôr do sol. Você não entende?!

— Nós somos primos, Billy. Mesmo assim, agora é tarde demais.

— Como assim, tarde demais? Do que você está falando, Maribelle?!

— Você está atrasado.

— Atrasado?

— É, atrasado. Dolphus me chamou para ir ao cinema com ele na sexta-feira à noite.

— Dolphus? Filho do dono do restaurante?

— Exatamente.

— E você vai ir?

— Mas é claro! Que pergunta mais estúpida, Billy. Que garota recusaria isso?

— Vai estar chovendo. É melhor vocês levarem um guarda-chuva.

— Vamos levar.

Quando ela disse isso, ele já ia em direção à camionete.

Ouviu-se uma porta se abrir. A mesma se fechar. Um motor de arranque funcionando. A camionete não queria ligar. Ele tentou e tentou, mas, nada. A porta se abriu e se fechou novamente. Ouviu-se o capô sendo aberto. Rangeu enquanto era levantado.

Ele não encontrou o que poderia estar causando o problema. Parecia que precisaria de mais do que apenas um remendo. Fechou o capô. Entrou em casa.

A noite caiu. Maribelle não havia sido incomodada por Billy nesse intervalo. Havia parado com o livro. Ao menos por hora. O desenho animado que assistia havia terminado. Isso significava que eram oito horas da noite. Levantou-se do sofá.

Foi até ao balcão da cozinha. Abriu o armário em cima da pia. O que seria? Sopa em lata. Macarrão instantâneo. Seria caldo de galinha, então.

Ligou o gás. Riscou um fósforo. Acendeu o fogo. Colocou ali uma panela cheia de água. Despejou o caldo de galinha lá dentro.

Caldo de galinha neste calor. Não era uma boa ideia. Já havia começado. Ia ter de ser aquilo mesmo. Voltou à televisão.

Ouviu-se bater à porta. Ela não acreditava naquilo. Outra vez? Abriu.

— ...

— Olá, Maribelle. Sou eu de novo.

— Sim, Billy. Isso eu posso ver. Você de novo.

— Sabe, com essa ideia de Dolphus te levar ao cinema, eu fiquei pensando. Por que você nunca me deu atenção? Você me conheceu bem antes de conhecer o Dolphus.

— Você é meu primo, Billy.

— De segundo grau!

— Não importa!

— Depois de tudo o que fiz por você, durante todos estes anos, você escolhe o Dolphus e não a mim?!

— O que teus pais diriam disso, hein, Billy?!

— Não coloque meus pais nesta conversa!

— Eu não te quero. Você tem de entender isso. Me deixe em paz.

Viu-se a porta fechar. Fechou-a na cara de Billy. Voltou ao sofá. Os olhos na tela da televisão tentando desviar a mente do que havia acabado de acontecer.

Sobre a reverberante risada de uma esponja amarela ouviu-se baterem à porta. Abriu-a bruscamente.

— ME DEIXE EM...

Ela vê um machado aumentando rapidamente de tamanho vindo em sua direção, em direção à sua testa. Acertou-lhe bem entre os olhos. Cruzando seus olhos, caiu para frente. Billy segurou forte o machado, arrancando-o da cabeça dela, deixando-a cair na terra.

Limpou em sua camisa o sangue que ficou no machado. Foi até o toco do tronco de árvore em frente ao trailer de onde havia tirado a ferramenta. Fincou-a lá novamente.

Entrou em casa. Subiu até o sótão. Saiu de lá com duas pás. Voltou até o trailer. Olhou ao redor. Era melhor fazer aquilo afastado do atrelado. Atravessou a trilha que levava da entrada da fazenda até a casa. Largou uma pá no chão. Fincou a outra na terra.

O noticiário havia errado. As nuvens não haviam chegado. A lua cheia mostrava a Billy muito bem o buraco que ele cavava.

Apoiou-se para sair de lá de dentro quando achou estar fundo o suficiente. Voltou até Maribelle. Pegou-a pelos braços. Puxou-a, arrastando seus pés no chão, indo em direção à cova que acabara de fazer. Os dois sapatos dela saíram, deixando seus pés descalços raspando no mato seco e na terra.

Pousou-a no chão ao lado do buraco. Abaixou-se. Fechou os olhos dela. Pegou-a no colo. Entrou na cova. Com muito cuidado, deitou-a na terra úmida. Colocou as mãos dela sobre a barriga. Tirou do bolso da camisa uma flor miosótis. Colocou-a debaixo das mãos dela. Saiu da cova.

Foi até a camionete. Voltou com uma espingarda. Posicionou-se de frente para a cova. Olhou para o rosto de Maribelle. Olhou para a flor. Olhou para o bosque no horizonte à sua frente. A copa das árvores mexendo-se bruscamente. Encostou a ponta da arma na testa. Inclinou-se para frente. Pressionou o gatilho.

O dia amanheceu nublado. Ouviam-se algumas vozes na fazenda. Mais do que o usual. Um homem olhava para dentro da cova. Outro se aproximou.

— Meu Deus!

— Ainda ontem vi o rapaz lá na cidade, xerife. Estava comprando alguns pregos. Parecia que tudo estava bem.

— Que Deus me perdoe. Mas essa família era amaldiçoada.

Um terceiro homem chegou.

— Então, temos homicídio e suicídio, xerife?

— ...

— Ela tem uma marca de machado na testa e há um machado logo ali. O sangue será analisado. Deve bater com o dela e com o que há na camisa do rapaz. Já ele, tem um buraco de bala na cabeça. Há uma espingarda debaixo do corpo dele. Acho que temos o caso fechado aqui mesmo, não acha, xerife?

— Aquilo é uma flor nas mãos dela?

...

* * *

— Quem diria, Susan? Quem diria?

— Me disseram lá no salão da Rose que Dolphus, filho do dono do restaurante, havia chamado Maribelle para ir com ele ao cinema. Aquela garota ia se dar bem.

— Quem diria?

— ...

— ...

— O prefeito ligou para confirmar sua presença no jantar em sua casa no próximo fim de semana, xerife. Devo confirmar?

— Mas é claro, Susan. O que mais temos para hoje?

Ensaio sobre a violência

Bem no centro de uma empoeirada sala havia uma antiga câmera fotográfica. Antiga hoje, que lhe conto esta história, mas na época era o ultimato no que se dizia a respeito de fotografia. Em frente à câmera, encostado na parede, um sofá. O estofado, verde-musgo. Talvez bordô, não me recordo propriamente. Na parede atrás daquela mobília, um quadro. A pintura de uma paisagem litorânea. Também alguns barcos. Ou talvez não. A sujeira dominava o lugar. O cômodo e a poeira eram como um todo.

Ao lado daquela sala havia o quarto de revelação. Este, no entanto, era limpo. Tinha de ser. Ali o fotógrafo revelava tanto as fotos de retratos que fazia de seus clientes, como as que dizia serem sua arte.

Estas últimas foram encontradas em um cofre que, por sua vez, estava dentro de um armário. Isso ocorreu durante uma investigação policial. Eu era detetive na época.

Uma pessoa que convive com tais imagens — pois são ossos do ofício —, não se abalaria com as bizarrices daquelas fotos, assim como não abalaram a mim. Porém, não o conheço. Então, sinto ser melhor preveni-lo, pois irei descrever aqui algumas daquelas fotografias.

Eram todas de garotas. Jovens por volta dos vinte anos de idade, trajadas de glamorosos vestidos. Iam até lá para fazer fotos individuais para álbuns de família. Ele sempre escolhia as que chegavam lá sozinhas. Elas preferiam ir até lá assim, segundo depoimento de parentes. Talvez, por um breve, leve gosto pela independência... Jovens.

Quando descobrimos a identidade do suspeito de sequestrar várias jovens mulheres, foi fácil encontrar onde ele estava. Ao menos onde deveria e esperávamos que estivesse.

Ao chegarmos lá, um aviso de "fechado" por trás do vidro da porta da frente de sua loja, onde também era sua casa. Arrombamos. Checamos o local. Ninguém. Silêncio por um curto instante. Desapontamento. Talvez ele tivesse ficado sabendo que estávamos em seu encalço. Sendo assim, desapareceu.

Começamos então a vasculhar o local. Equipamentos fotográficos. Poeira. Equipamentos para revelação de fotografias. Um caderno com uma lista de clientes. Não havia ali o nome de nenhuma das garotas desaparecidas. Ou tínhamos o suspeito errado ou ele era esperto.

Enquanto eu lia pela segunda vez os nomes naquele caderno, alguém veio até mim dizer que tinham encontrado um cofre. Fui até uma das salas adjacentes. Lá estavam com um estetoscópio tentando abrir aquilo dentro do armário. *Tlac.*

Estava cheio de fotografias Polaroid presas por elásticos. Cada maço de fotos era de uma garota diferente. Sim. Eram as nossas garotas. Era o nosso suspeito. Esperto o suficiente para não anotar o nome delas em seu caderno de clientes, mas não o bastante para se livrar ou mesmo levar consigo aquelas fotografias.

Cada um de nós pegou um dos maços. Eu fiquei com o de uma garota morena, cabelos ondulados, olhos castanhos. Melinda.

Todas as fotos, de todas aquelas mulheres tinham o mesmo enquadramento. Aparecia o sofá. Parte da parede atrás do sofá. Aquele quadro de uma imagem litorânea logo acima do sofá e o corpo inteiro da moça respectiva.

Estava sentada naquele sofá verde ou bordô. Parecia ser uma moça alegre, decente. Um sorriso no rosto. Essa foi a primeira foto. Assim como a segunda. Terceira. Outra posição, outro sorriso. Quarta. Quinta. Até que cheguei à oitava fotografia. Acho que foi na oitava. Notei que a moça tinha agora os olhos fechados. Sorriso, nenhum.

Assim continuaram por mais algumas fotos. Diferentes posições. Nenhum semblante no rosto. Olhos fechados. Até que apareceu uma em que ela estava sem os sapatos. Nada me ocorreu no momento. Então, passei para a próxima fotografia.

O decote estava aberto. Mais uma foto. Os ombros descobertos. Outra. Os seios à mostra. Mais uma. Sem as meias. Mais outra. Apenas em roupas íntimas. Foi então que supus. Em algum momento entre a sétima e a oitava fotografia, Melinda havia sido assassinada.

Foto seguinte. Nem uma peça de roupa sequer. Sentada naquele sofá completamente nua. Bem, estava morta; não sei se deveria dizer sentada. Mas dali em diante as coisas mudaram.

Nas fotos que se seguiram aquela na qual estava despida, havia em seu corpo dois cortes. Um na parte superior de cada seio. Conforme as fotos iam passando, os cortes foram aumentando, circundando os seios, até que estivessem mutilados, retirados do corpo, deixando em seu peito apenas duas cavidades vermelhas.

Dos seios aquele fotógrafo passou para os lábios. Primeiro arrancou o superior. Então, o inferior. Os lábios eram grossos, atraentes. A partir daquele ponto apenas os dentes expostos.

Depois dos lábios veio a vez dos dedos. A cada fotografia um dedo a menos. Começou pelo mínimo da mão direita, seguindo até ao mínimo da mão esquerda. Segundo o legista, fez as amputações com um alicate. Notei que havia um no chão, ao lado do sofá, nas fotos seguintes àquela em que o último dedo da mão esquerda havia sido amputado. O mesmo fora encontrado lá, na cena do crime. O alicate, não o dedo.

Dedos do pé direito. Dedos do pé esquerdo. Mão direita. Mão esquerda. Um pé. Outro pé. Antebraços. Pernas. Braços. Coxas. Para, por fim, cortar a cabeça.

A última fotografia era apenas o tronco. Um tronco feminino pousado naquele sofá. Pessoas sentavam-se ali sem ter ideia do horror que acontecia no local onde estavam, no lugar onde sentavam.

Essas foram as fotos de apenas uma das jovens desaparecidas. Havia as de outras treze. Todavia, as evidências não acabavam aí.

Ao lado do cofre em que foram encontradas as fotografias, havia um pote de vidro cheio de formol com uma mão dentro. Além disso, um cômodo daquela casa que durante a investigação chamávamos de quarto de coleções, estava repleto de frascos contendo partes de corpos humanos amputados. Dedos. Mãos. Pés. Seios. Genitálias. Até algumas cabeças. Tudo conservado em formol.

Na cozinha encontramos crânios cortados logo acima dos olhos. A insanidade daquele homem era tanta, que ele usava as partes superiores daqueles crânios como pratos.

O que nos levou até esse suspeito foi uma série de pistas em casos de garotas desaparecidas. Algumas similaridades na forma como desapareceram as jovens levaram-nos a considerar que haviam sido sequestradas por uma mesma pessoa. O tempo acabou nos mostrando que estávamos certos.

Alguns dias depois de termos invadido aquela casa, encontramos o fotógrafo. Estava escondido em um abrigo de máquinas agrícolas de uma plantação de trigo. Não reagiu. Não tentou fugir. Acho mesmo que até nos esperava.

Durante a interrogação, contou-nos que havia deixado claro que o sumiço daquelas garotas havia sido obra de uma mesma pessoa, propositalmente. Queria ser pego em algum momento. Soube que estávamos perto de saber quem era, através de fatos que passamos para a mídia. Então, deixou sua casa e seu estúdio, largando todos seus troféus para trás. Além dos troféus, deixou mais algumas pistas para descobrirmos onde estava escondido. Acho que ele era inteiramente esperto no final das contas.

Com aquelas evidências e com sua declaração, foi condenado à prisão perpétua pelo assassinato de quatorze mulheres.

Em 1961 cometeu suicídio dentro da prisão depois de amputar nove dos dedos de suas próprias mãos e fotografá-las após cada amputação. Nunca se soube como conseguiu aquela câmera fotográfica, muito menos a faca que usou para as amputações, a qual, com as palmas das mãos, enfiou no pescoço.

Conto-lhe esses fatos, pois este foi um dos casos mais intrigantes que tive. Deve ser por isso também que é do que mais me recordo. Mesmo com essa minha memória que piora a cada dia, lembro-me bem daquelas fotografias. Eram grandiosas obras de arte.

À ESPERA DO TEU SUPER-HERÓI

Sou um homem velho, cansado. Muito cansado. Não tenho forças para nada. Muito menos ânimo. Meu dia resume-se a ficar aqui neste chalé observando o mar enquanto pensamentos percorrem a minha também exausta mente.

Por isso resolvi escrever. Sentar-me nesta cadeira à mesa da sala desta nossa casa, para registrar estas palavras antes que minha memória torne-se um álbum de fotografias que foi perdido sob chuva e sol. Já faz algum tempo que minhas lembranças começaram a se turvar. Assim, escrevendo, uma pequena, porém peculiar, parte de minha vida não será apagada.

Não sei se faço isso para lembrar a mim mesmo daquilo que me tornei. Para tentar compreender por que fiz aquilo. Ou para que um dia o paradeiro do corpo daquela moça seja revelado.

Não entendo por que fiz aquilo. A princípio pensei ter perdido a cabeça. Realmente achei que estava louco. Mas não.

Estou bem ciente de meus atos. Minha mente está sã, tenho a certeza. Um tanto cansada, mas ainda em condições. Talvez, repassar os fatos esclareça-me um pouco as coisas.

Aconteceu pouco tempo depois de minha esposa ter me deixado. Há uma possibilidade disso ter influenciado meus atos. Talvez.

Era de manhã. O céu estava coberto por nuvens escuras, baixas. Havia neblina, também. Sem ter o que fazer, fui caminhar pela areia da praia.

O tempo estava realmente ruim, mas, era o que eu tinha encontrado para passar o tempo. Algo que sempre fizemos desde que nos casamos e viemos morar aqui. Eu e minha esposa fazíamos longas caminhadas sentindo a espuma trazida pelas ondas efervescer em nossos pés. Por trinta e oito anos fizemos isso ao lado um do outro. Hoje, somente em minha mente e coração.

Já distante de minha casa, vi ao longe algo na areia. A neblina ocultava o que era. Aproximei-me. Cerca de dez passos foram o suficiente para ver o que era aquilo no chão.

Um corpo. Um corpo feminino. Nu. Esticado na areia. Tinha a barriga virada para baixo. Assim como o rosto. A pele roxa. Os cabelos cheios de areia.

Ajoelhei-me na areia. Toquei o corpo. Duro. Gelado. Virei-o. Quadris largos. Seios pequenos. Lábios finos. Parecia haver algo em sua boca. Abri. Estava cheia de vermes. Há quanto tempo estaria ela morta? Quanto estrago teriam os decompositores feito dentro dela?

Primeiro pensei em virar as costas. Voltar à minha casa. Avisar as autoridades. Cheguei a me virar para trás, porém, assim como essa ideia me veio à mente, foi-se.

Outra ideia estava em minha cabeça agora. Dominando todas as outras, todo o meu julgamento. Certo e errado haviam deixado de existir naquele momento.

Minha esposa já se foi. Anteriormente disse que ela me deixou. Engano meu. Eu não deveria pôr dessa forma. A morte levou-a contra sua vontade. Privou seu corpo de vida, deixando-me sozinho para trás. Mas não muito há de tardar e será minha vez.

Todos os dias, ao final da tarde, ela fazia um xícara de chá. Sentava-se em sua cadeira na varanda observando as ondas banharem a areia enquanto tomava vagarosamente sua bebida.

Todos os dias, ao final da tarde, faço uma xícara de chá. Sento-me em sua cadeira na varanda observando o mar beijar a terra enquanto tomo vagarosamente minha bebida.

Aquele corpo também havia sido privado de vida. Como, eu não fazia ideia. Peguei-o em meus braços. Levantei-me. Voltei à minha casa.

Lá, coloquei-o em cima da mesa da cozinha. Única mesa na casa grande o suficiente para deixar o corpo de uma pessoa. Fechei a porta. Todas as cortinas também. Não que fosse necessário. Ninguém vem até esta falésia.

Sentei-me em minha poltrona. Passei o que penso terem sido horas ali, olhando para aquele corpo. O que estava fazendo, perguntava-me. Qual o propósito daquilo? Nenhuma resposta voltava.

Depois daquela eternidade reflexiva, levantei-me. Fui até o balcão da cozinha. Peguei uma faca. Voltei-me para o corpo.

A pele cinza. Roxa. A carne dura. Os cabelos pretos. Os vermes rastejando-se em seu peito. Muitos haviam deixado seu interior para aventurarem-se na superfície, durante minha autoanálise comportamental.

Pousei a fria lâmina em seu peito, logo entre os seios. Pressionei. Desci com a lâmina até o umbigo. Nenhum sangue verteu. Voltei à parte superior do corte. A partir dali, fiz outros dois cortes, formando assim a letra ípsilon em seu tronco.

Coloquei quatro dedos de cada uma das minhas mãos dentro do corte. Puxei, abrindo sua carne. Lá estavam as costelas. Órgãos, também. Larvas perambulavam pelas vísceras. Entre os pulmões. Saindo de dentro do estômago e de outros órgãos também rompidos. Aquele corpo era um reinado de vermes.

Agora tinha de abrir as costelas. Voltei ao balcão. Peguei a faca para desossar. Do armário debaixo da pia, tirei um martelo. Coloquei a ponta da faca em cima das costelas. Bati no cabo da faca com o martelo. Bati outra vez. De novo. E de novo. Fui fazendo isso até conseguir abrir as costelas. Separá-las foi difícil. Acabei quebrando várias até conseguir.

Com o tórax aberto, tinha os órgãos à mão. Mais uma vez voltei-me ao balcão. Peguei uma tesoura. De volta ao corpo, um a um, fui tirando-os. Comecei pelo coração. Cortei os vasos e veias. Retirei-o. Então os pulmões. Assim que peguei um, percebi que estava cheio de água. O outro também. Não foi surpresa. Sem querer acabei rasgando um deles. Vazou uma água com um cheiro insuportável. Tive de limpar o chão para poder continuar.

Por último ficou a bexiga. Mas antes foram os intestinos. Tirei-os com muito cuidado. Não queria rasgá-los também. Já bastava a água fétida.

Todos aqueles órgãos que tirei, coloquei-os em duas bacias. Estavam todos recheados de vermes.

A parte mais difícil já havia passado. Faltava pouco para terminar. Com a cavidade torácica vazia, era só limpar.

Tirei os vermes que estavam ali, dentro do tronco. Os que estavam na boca. No nariz. Lembrei-me, então, dos olhos. Levantei as pálpebras. Nada de olhos. Apenas mais vermes. Tirei aqueles também. O corpo estava limpo. Estava pronto para a parte final.

Levei as bacias cheias de órgãos lá para fora. Uma pá também. Já devia ser meio da tarde naquele momento. O tempo permanecia idêntico. Cavei um buraco na areia. Despejei tudo lá dentro. Fechei-o.

Andei alguns metros dando as costas ao mar. Apenas o suficiente para chegar aonde termina a areia grossa e suja e começa a vegetação. Ali onde há flores.

Colhi o máximo que pude. Enchi aquelas duas bacias com um pouco de cada uma das diferentes flores que encontrei. Voltei para casa.

Outra vez com o corpo. Tirei uma flor de uma das bacias. Amarela. A maioria delas era amarela. Coloquei-a dentro da cavidade torácica.

Então peguei um punhado de flores. Coloquei-as no corpo. Comecei a pegar com as duas mãos. Pressionava as flores lá dentro, compactando-as. Queria preencher cada espaço vazio que havia nela.

Quando as flores acabaram, estava quase pronto. Faltava apenas fechar o corpo.

Não tinha linha. Sequer sabia costurar. O que tinha era um carretel de barbante e uma habilidade que adquiri amarrando fios de pesca em anzóis.

Fiz vários furos nas extremidades do corte. Acabei conseguindo fechar o corpo. Passei o barbante pelos furos, entrelaçando-o como se fosse um cadarço.

Estava pronto. Havia tirado todos os vermes e os substituído por flores. Aquele corpo nu ali em cima da mesa. O que havia feito? Por quê? São perguntas que ainda hoje faço sem conseguir respondê-las.

Outra pergunta que faço com bastante frequência é se a perda de minha esposa influenciou realmente meus atos naquele dia. Acredito que sim. Mas não sei dizer ao certo o que fez dentro de mim para que cometesse tal ato hediondo.

Talvez não tenha sido hediondo. Acho que depende de como você interpreta. Se você entende ou não.

Por fim, quando já havia acabado, era hora de tirar o corpo dali. Outra vez peguei-o em meus braços. Desta vez estava menos pesado. O que era muito bom. Havia esgotado quase todas minhas forças para trazê-lo até aqui.

Levei-o para perto de onde minha esposa foi enterrada. Uma pá também. Demorei horas para cavar um buraco grande o suficiente para enterrar aquele corpo. Mãos sangrando. Suor escorrendo. Gentilmente pousei-o lá dentro. Saí da cova. Enterrei-o.

Todos os dias, visito o túmulo de minha esposa. No caminho, sempre colho uma flor para lhe dar. Na volta, passo por onde escondi o corpo daquela moça, que agora deve ser apenas um esqueleto, pois os vermes com certeza voltaram para acabar com a carne que havia sobrado.

Mas, mesmo não a tendo conhecido em vida, faço isso por respeito. Para lembrá-la. Para não deixar minha fraca memória esquecer-se do que fiz. Para lembrar-me de que alguém sente a falta dela, assim como sinto a falta de minha esposa e sempre sentirei, não importa o que eu faça. Para lembrar-me de que não adianta tirar os vermes e substituí-los por flores.

Os vermes sempre voltam.

A REPUGNANTE LUXÚRIA DE MINHA QUERIDA

A Chocolataria Ramalho tem orgulho de anunciar que irá levá-lo numa viagem à Suíça para degustar os deliciosos chocolates daquele país. Para ser o vencedor, você deverá encontrar, dentro de uma de nossas embalagens, um papel dourado envolvendo um de nossos bombons. Dentro desse bombom haverá um anel também dourado. Então é só enviar o anel à nossa fábrica e você será o vencedor. Por isso, corra até a mercearia mais próxima para comprar bombons e lembre-se: quanto mais bombons você comprar, maior a sua chance de ser o vencedor.

Um quarto. Paredes forradas por um papel bordô. Nestas, alguns quadros do Rococó que, juntamente de algumas manchas de chocolate, enfeitam as quatro paredes. Chocolates por toda a parte. Em cima da mesa, embaixo. Nos armários. No chão. No tapete. Embaixo do tapete. Chocolates intactos, outros abertos, mordidos, pisados, esmagados.

Tabletes. Barras. Bombons. Coco. Amêndoas. Amendoins. Avelã. Hortelã. Chocolates por toda parte, em todas as condições, de todas as formas e tipos.

Debaixo da cama também havia alguns chocolates, na verdade, muitos. A ponta de uma coberta tocava o chão, o resto desta encontrava-se em cima da cama. Deitada ali, uma moça grande. Em sua mão, um chocolate que, por ter passado a noite fechado ali, acabou semiderretido. Sua boca, suja.

Um gato subiu na cama. Começou a lamber os lábios dela. Ela acordou. Empurrou-o. Murmurou algo. Levantou-se. Sentada na cama, olhou para os lados. Então, para o chão. Alcançou um bombom que estava ali. Assoprou os pelos de gato. Abriu-o. Jogou o papel para trás. Colocou-o na boca. Mexeu-o na boca por alguns segundos a fim de desfazê-lo. Emitindo um som que expressava prazer, inclinou a cabeça para trás engolindo o bombom.

Seus cabelos, terrivelmente despenteados. Horríveis olheiras. Inspirou pelo nariz. Sentiu seu cheiro de suor que durante a noite migrou dela para profanar todo o quarto. Expirou pela boca. Sentiu seu tenebroso mau hálito matinal. Decidiu que era melhor ir ao banheiro.

No caminho, viu algo que, por estar sem seus óculos, pareceu-lhe serem trufas. Lambeu os lábios. Agachou-se para pegá-las. Ao levantar-se, trazendo-as nas mãos, descobriu que eram na verdade um presente deixado por seu gato que, por ter passado a noite trancado no quarto, resolveu defecar por ali mesmo. Largou aquilo, deixando cair no chão. Murmurou o que pareceu exprimir um leve sentimento de nojo. Continuou sua jornada ao banheiro.

Depois de algum tempo, saiu de lá penteada, maquiada, perfumada; por algum motivo continuava feia. Foi em direção à janela, empurrando barras e tabletes com seus pés descalços. Todavia, viu algo que a fez interromper sua caminhada. Em sua cama, ao lado do gato que comia o resto do chocolate semiderretido deixado por ela ali quando acordou, estava um papel dourado. Um belo e magnífico papel dourado que envolvia o bombom que ela havia engolido logo quando acordou. Era o bombom premiado da Chocolataria Ramalho e, em meio à sua gula, ela acabou engolindo o anel junto com o bombom.

Quando percebeu o que havia feito, correu pisando e escorregando em chocolates até onde mantinha seus medicamentos. Um pequeno armário de madeira. Ali, de joelhos, foi jogando tudo para fora até encontrar um frasco de laxante parcialmente cheio. Verteu na boca todo o líquido. Engoliu.

Sentada em uma poltrona à janela, comia chocolates para tirar da boca o gosto horrível daquele líquido. Embora já houvesse passado algum tempo desde que tinha tomado aquele laxante, e seu gosto há muito desaparecido, continuava comendo.

Pegava um chocolate, fosse da mesa ao lado. Fosse do chão. Desde que não fosse necessário levantar-se. Abria a embalagem, certificando-se de que não havia prêmio algum ali, para então levar os chocolates à boca. Lambia os dedos ou os limpava na cortina mesmo. Veio, então, o efeito do remédio.

Correu em direção ao banheiro, pisando e chutando chocolates com seus grandes pés descalços até escorregar nas fezes que estavam ali no caminho. Caiu de costas em cima dos dejetos, esmagando-os. Simplesmente levantou-se para continuar sua corrida ao banheiro.

Ao chegar lá, achou melhor não fazê-lo na privada, mas sim no chão mesmo. Abaixou as meias. Levantou a saia. Tal ato que se seguiu não deve ser descrito. Depois disso, começou a mexer em sua obra, que logo se foi misturando ao chocolate que já estava em suas mãos e ali, para sua felicidade, em meio às fezes, encontrou o tão almejado anel.

QUANDO A CLEPTOMANIA E A GESTAÇÃO INTERROMPIDA SE ENCONTRAM

O cheiro não era nem de longe agradável. Havia sangue por todo o chão. É assim que me lembro do matadouro de meu pai. Era grande, muito grande. Às vezes ele me levava até lá. Considerando que um matadouro não é um lugar apropriado para uma criança, acredito que fazia isso para que minha mãe pudesse fazer suas coisas, livrar-se de mim por um tempo. Mas não é sobre a falta de sensatez de meu pai que quero falar e sim sobre o que aconteceu em uma dessas minhas visitas àquele lugar.

Eu andava pela parte onde abriam os animais e tiravam suas entranhas. Meu pai nunca me deixaria ir aonde eram abatidos. Ao menos isso. Perambulava por aquele lugar observando aqueles corpos abertos. Toda a cavidade torácica vazia. Os órgãos em cima da mesa. As enormes tripas fétidas.

Mais à frente, um homem abria uma vaca. Abriu-a, mas, por algum motivo, parou. Pousou a faca na mesa. Limpou as mãos no avental. Retirou-se. Fiquei olhando para o cadáver ali pendurado. Meus olhos acompanharam o corte, de cima a baixo. Quando chegaram à parte inferior, vi algo horripilante. Creio ter sido a coisa mais feia que já tinha visto. Fiquei branco, acho. Um calafrio subiu minha espinha. Bem ali, dentro daquela vaca aberta, exposto, havia um feto.

Quando retomei meu fôlego, após alguns segundos paralisado, veio aquela maldita sensação. A necessidade de tomar aquilo para mim. Esse desejo sempre foi por pequenos objetos, nada parecido com aquilo. Não que eu quisesse aquela coisa, é claro. Mas também é claro que não podia me controlar.

O feto já estava à mostra. A placenta já havia sido cortada. Olhei para os lados, ofegante. Ninguém olhando. Peguei a tesoura que estava em cima da mesa. Enfiei minha mão na cavidade. Segurei o feto. Cortei o cordão umbilical. Coloquei a tesoura de volta onde estava. Corri levando aquilo comigo.

Fui tomado pelo prazer de ter superado um perigo. Todavia, isso não era mostrado no exterior. Corria ofegante. O rosto estampado pelo medo. Fui até onde tinha deixado minha lancheira. Abri-a. Joguei no chão tudo o que havia dentro dela. Coloquei lá o feto. Respirei fundo. Limpei a testa. Peguei a lancheira. Saí dali.

Não queria ter feito aquilo, mas era irresistível. Maldito impulso. No início da noite, voltando para casa, meu pai dirigindo, eu ao lado. A lancheira em meu colo. Segurava-a forte. A gratificação. A sensação de potência.

Eu era pequeno. Acabei superando esse impulso. Com ajuda profissional, sim. Não me lembro de todas as coisas que roubei. Não importa também. Mas desta nunca esquecerei.

Meu assassino

Como se pode saber qual será a obra mais importante da vida de um artista? Acredito que é impossível prever. Ele pode até acreditar que será a próxima, mas nunca ter a certeza. Acho que isso só fica claro mesmo após a morte do artista.

Ouve-se o ranger de uma maçaneta. Uma porta se abrindo. Vê-se uma mão segurando a maçaneta. Mão machucada. Punho ralado, inchado. Sujeira debaixo das unhas. Uma sujeira que passa por várias cores. Verde. Vermelho. Roxo. Mas principalmente, amarelo.

Ouvem-se passos sobre jornais espalhados pelo chão. Tosse arranhada. Tosse forte. Gotas de água caindo. Gotas de água batendo nas folhas de jornal. Uma cadeira sendo arrastada. Vê-se essa pessoa sentar-se nessa cadeira. Colocar uma perna sobre a outra. Descalçar uma bota molhada. Tirar uma meia encharcada. Outra bota. Outra meia.

Levanta-se. Tira a jaqueta que veste. Jaqueta molhada nos ombros. Pousa-a nas costas daquela cadeira. Dobra as mangas da camisa de flanela. Passa a mão no cabelo molhado, fazendo gotas de água escorrerem pelo rosto. Aproximando-se da janela, enxuga as mãos nas calças. Barras molhadas, sujas de terra. Pés pálidos de frio. Dedos enrugados pela água.

Alexandre. Pelo menos é por esse nome que assina. Talvez não seja o verdadeiro. Não sei. Sei poucas coisas sobre ele. Por exemplo, não faço ideia de qual é seu endereço. Apenas sei que mora em um pequeno apartamento e que está lá agora.

Um apartamento em um bairro bem tranquilo e silencioso. Pois isto é importante para ele: tranquilidade à sua volta, já que dentro de sua cabeça parece ser impossível existir esse estado. Todavia, nem sempre as coisas foram assim. Houve uma época em que as coisas eram até bem calmas por lá. Mas eventos ocorrem e abalam as frágeis estruturas que seguram a ordem dentro de nós.

Verde. Vermelho. Roxo. Amarelo. Estas cores não estão apenas debaixo de suas unhas. Estão também nas folhas de jornal. Gotas nessas cores. Nessas cores e em muitas outras. Preto. Cinza. Branco. Gotas que foram derramadas. Estão na superfície de uma mesa posicionada praticamente no centro da sala. Em uma toalha, como manchas. Separadas em pequenos frascos de vidro. Dezenas destes. Cada um com uma cor diferente. Ao lado da toalha manchada, um porta-lápis. Um porta-lápis com lápis nenhum, mas repleto de pincéis.

Ali à janela, observando as pessoas passarem pela rua com seus acompanhantes, colegas, amigos, namorados, cães, a pé, de carro, prestando atenção em como a luz dos postes reflete todas aquelas cores.

Após longos minutos, volta-se para o cômodo. Dirige-se até a mesa. Pega uma das palhetas que estão ali. Despeja nela um pouco da tinta de alguns daqueles frascos. Todos de cores quentes.

Vira-se para o cavalete. Este segura uma tela coberta por gesso. Tira um pincel do porta-lápis. Mergulha as cerdas na tinta vermelha. Sua mão treme.

Não é nervosismo. É alguma outra coisa. Não consegue manter a mão firme. Também dói. Dói pousada. Dói se a levantar. Dói se tenta segurar algo.

Todos aqueles arranhões, hematomas e inchaços têm algo a ver com isso. Resulta de pancadas. Agressão física.

Um punho fechado em alta velocidade. O olho direito de certo indivíduo sendo acertado. Este cai no chão, largando a garrafa de cerveja que segurava. Outro sujeito parte para cima de Alexandre. Como ousa bater em meu amigo? Futebol na televisão do bar, ou algo assim. Havia um campo verde na tela. Não importa. Apenas apresento este fato para que saiba o tipo de pessoas que se encontravam naquele estabelecimento naquele momento. Pé nos testículos do sujeito. Curvou-se. Gancho de direita no nariz. Gotas de sangue voam pelo ar. Vermelho.

Os três foram segurados. Arrastados para fora do bar. Chuva. Frio. O indivíduo voltou para cima de Alexandre. Acertou-lhe o rosto. Quase caiu. Tentando recompor-se. Outro soco. Desta vez, próximo ao olho. Caiu. O outro sujeito puxou o indivíduo dizendo que já era o suficiente, que deveriam ir embora dali.

Alexandre levantou-se. Lábios sangrando. Sobrancelha sangrando. Vermelho escorrendo em seu rosto.

Vermelho escorrendo na tela branca. Uma pincelada forte. Um simples risco. Volta a mergulhar o pincel naquela cor. Mais pinceladas. Mais riscos. Testa franzida. Movimentos bruscos. Mais riscos. Sangue seco na sobrancelha. Pinceladas curtas, rápidas. Hematoma no rosto.

Mergulha o pincel em um copo cheio de água. Enxuga-o na toalha manchada. Passa-o na tinta amarela. Os hematomas mais antigos da mão estão, agora, amarelos. Riscos. Pinceladas. Rápidos. Ásperas.

Pousa a palheta na mesa. Larga lá também o pincel. Volta-se para o casaco. Tira do bolso de dentro um cantil. De um dos bolsos de fora, um maço de cigarros. Coloca este em cima da mesa. Abre o cantil. Vira um longo gole. Cara feia. Tosse áspera. Respiração profunda. Deixa o objeto na mesa. Pega o pincel. Ataca a tela novamente.

Um líquido amarelado é jogado na privada. Alexandre de joelhos em frente a esta. Não é a primeira vez. Isto acontece quase toda semana desde que entrou para o ensino médio. Pálido. Olhos escurecidos. Tremor. Suor. Mais uma vez joga aquela cor no vaso sanitário. Outra vez. De novo. E de novo. E…

Laranja. Tem esta cor, agora, no pincel que esfrega na tela, raspando a parte de metal no gesso. Com a outra mão, pega o cantil. Mais um gole. Uma cara menos feia. A pele do rosto começa a ficar rosada.

Uma folha de papel passa por baixo da porta de entrada. Condomínio. Carta. Conta. Síndico. Carteiro. Entregador. Parente. Vizinho. Seja lá o que for, ele não quer saber. Seja lá quem for, essa pessoa não quer encará-lo. Ele prefere assim, de certo modo. Ao menos não o incomodam enquanto pinta. Acredita ser algo inadmissível ter seu processo criativo interrompido.

Aqueles ao redor dele devem ter chegado a esse ponto, de sequer falar com Alexandre, depois de tanto terem sido reprimidos por ele mesmo.

Gira o pincel dentro do copo. Água vermelha. Enxuga-o na toalha manchada. Passa-o em alguma outra daquelas cores na palheta. Algum tom de vermelho. Algum tom de amarelo. Alguma outra cor. Tinta nas mãos, misturando-se aos arranhões e hematomas. Pega o cantil. Mais um gole. Chacoalha-o. Vazio. Pousa-o na mesa. Não para em pé. Fica ali caído, coberto de marcas de dedo. Amarelo. Laranja. Vermelho.

A tinta que havia no pincel está bem espalhada pela tela. Outra vez mergulha a ferramenta no copo de água. Deixa-a ali. Pega o maço de cigarros. Pega um fósforo. Risca. Cruzando os olhos, acende um cigarro. Agita a mão, apagando o fogo. Fumaça. Puxa. Com o cigarro preso nos lábios, um punhado de fumaça a cada tosse abafada. Joga o fósforo na mesa. Pousa o cigarro na estante do cavalete.

Tira do porta-lápis uma espátula. Esqueci-me de mencionar que também havia isso ali. Não importa. Com ela, pega um pouco de tinta. Leva até a tela. Menos agressivo. Menos força. Mais passivo. Mais suave. Um semblante já não tão perturbado. Talvez seja o álcool. Talvez seja por estar pintando. Não posso dizer ao certo.

Ele também não podia dizer ao certo naquele dia. Talvez soubesse exatamente qual resposta dar à pergunta que ela havia feito. Acho que apenas não queria magoá-la. Não queria que ela se afastasse.

Fazia mesmo algum tempo que estavam juntos. Tempo o suficiente para que um deles apresentasse a ideia de morarem sob o mesmo teto. Aquilo pareceu tê-lo assustado. Disse que precisava pensar, muito. Não era algo simples. Um não se desfaz de seu lar assim tão facilmente. Parte da rotina e até mesmo do estilo de vida se perdem nessa mudança, ele dizia a ela. Mas, acredito que para ele, isso seria um fardo, um distúrbio ter alguém além de si mesmo em sua casa. Ter de compartilhar tudo e todos os momentos. Não ter um tempo somente para si. Tempo para passar consigo mesmo, em sua própria companhia. Ele não queria aquilo. Não quer e nunca irá querer compartilhar seu mundo.

Ao menos achava isso. Há algum tempo parece ter percebido que não aguentará para sempre dessa forma, que um dia terá de ceder e deixar alguém entrar definitivamente.

Aquilo foi uma péssima ideia, tanto da parte dela como da parte dele. Desde aquele dia vieram se distanciando até chegarem ao total rompimento.

Pode até ser que ela esteja com outro alguém. Não sei. Nunca mais a vi. Mas ele não esteve com mais ninguém depois dela. Talvez tenha desistido de amar. Pensando bem, não deve ter desistido. Ah, a fonte de ideias que o amor é... Pensando ainda melhor, deve ter desistido sim. O amor não é fonte de ideias para todos. Para Alexandre mesmo parece ser nada mais que uma grande perda de tempo. Algo que poderia interferir em sua construção de universos.

Todavia, não parecia haver muita inspiração em Alexandre naquele dia. Parecia haver uma grande perturbação. Vermelho. Pincel esfregado contra a tela. Essa inquietação vinha de longe. Um acúmulo resultante de eventos passados. Ao menos é o que me parece.

Ele aparenta estar cada vez mais calmo. Suas espatuladas, cada uma mais e mais tranquilas. Várias vezes passa a toalha manchada no objeto, tirando a tinta que resta, e substitui por outra. Tocando. Retocando.

Abaixa os braços. Olha para a tela. Olha para aquilo que pintou. Respira fundo. Larga a espátula em cima da mesa.

Pega outro cigarro. Outro fósforo. Vai até a varanda. Acende o outro cigarro. Atira o fósforo lá para baixo. Solta a fumaça olhando para o céu. Laranja escuro. Um tom pastel. Essa é a cor do céu nesta noite. Não importa se é o reflexo das luzes da cidade nas nuvens.

Brasa queimando. Puxa um trago do cigarro. Segura. Solta. A fumaça sobe, tornando-se amarela conforme é iluminada pela luz dos postes.

Mais uma vez respira fundo. Um rosto tranquilo. Toda aquela tormenta parece ter sumido. Ou ao menos ter sido guardada em um local muito profundo e escuro. Mais um trago do cigarro. Ouvem-se estalos do tabaco queimando. Ouvem-se estalos de madeira queimando.

Ele sabe que não é só o cigarro que queima. Atrás dele, aquilo que acabou de pintar, envolto em chamas. A tinta derretendo. Escorrendo. A madeira torcendo-se. Toda a tela, sendo consumida pelo fogo.

Em meio aos estalos, vento, motores, pneus no asfalto, passos, uma voz feminina chama seu nome. Vem lá de baixo. Sim. É ela. Olham-se. Apenas olham-se. Então, ele sorri. Ela devolve-lhe o sorriso. Ele entra na sala saindo, assim, da varanda. Apaga o cigarro no cinzeiro. Calça as botas. Pega a jaqueta. Corre lá para baixo. Para na soleira. Para diante dela. Olhos claros. Sorriso nos lábios. Mãos nos bolsos do casaco. Ela… Ele diz, "Que tal darmos um passeio no parque?"

Quanto ao fogo? Continuou queimando até que tudo aquilo que Alexandre pintou fosse nada mais além de cinzas que o vento acabou soprando para o canto da sala.

Hoolabaloo

Hoolabaloo era um marceneiro. Tinha sua própria oficina, ferramentas e materiais. Especializado em berços, fazia tudo sozinho, tudo por encomenda. Fabricava cada peça daquelas mobílias e então, montava-as.

Hoolabaloo tinha prazer em construir o primeiro leito de uma pessoa. Fazia isso perguntando-se sobre o que sonhavam. Ainda sem imagens na memória é curioso com o que devem sonhar. Talvez não sonhassem. "Duvido."

Hoolabaloo morava em uma calma parte da cidade. Ali em sua própria casa, trabalhava sempre passivamente, sempre com orgulho. Mas naquele dia seu semblante era amedrontador.

Hoolabaloo, sentado, trabalhava a madeira da forma calma como sempre o fizera. Porém, em seu interior a angústia corroía, destruía. Ele moldava cada peça naquela madeira escura. Todavia, isso trazia-lhe prazer nenhum. Pois aquilo que construía era para seu primeiro e único filho. Filho para que há apenas alguns meses fez o mais belo e deslumbrante berço. E o que Hoolabaloo construía naquele dia era um caixão.

Apologia à violência

Mancha vermelha no lençol branco.

Acordo. Abro os olhos. Sinto uma área úmida debaixo de mim. Entre minhas pernas, também. Levanto-me. Arranco da cama o lençol. Há pessoas nesta casa para fazer isso por você, diria minha mãe. Ela vai dizer.

Vou até ao banheiro. Dispo-me. Enorme mancha vermelha na peça íntima branca. Ligo o chuveiro. Água fria. Mesmo não estando nem um pouco quente lá fora, não me importo.

Sinto-a cair em meu rosto. Descer pelo pescoço. Passar pelos ombros. Escorrer pelos seios. Correr pela barriga. Deslizar pelas costas. Escorregar pelas pernas. Tocar os pés.

Ouço-a bater em minha cabeça. Cair no chão. Ressoar ao escorrer pelo ralo.

Tiro a toalha branca do cabide para me secar. Nenhuma mancha vermelha aqui. Largo-a úmida no chão. Há pessoas nesta casa para lavá-la para você.

De volta ao quarto. Abro as cortinas das janelas. Abro o *closet*. O que será hoje? Olho pelas janelas. Céu nublado. Vou tentar algo escuro. Cinza. Preto. Vermelho? Cinza será então.

Secador de cabelo. Escova. Base. Sombra. Rímel. Batom. Olho para o relógio na cabeceira da cama. Quase oito e meia. O café da manhã com certeza está pronto.

Levanto-me da cadeira em frente ao espelho. Caminho para a porta. Ponho a mão na maçaneta. Frio. *Clac.* Abro a porta. Silêncio...

Caminho por estes longos corredores labirínticos desta casa de minha família. Estilo vitoriano. Exterior e interior. Quadros de ancestrais e atuais ao longo das paredes.

Cheiro de café e pão fresquinhos. Suspiro. Chego à sala de jantar. Ninguém. Também, já são oito e meia da manhã. Devem ter terminado aqui, ido a seus outros afazeres.

Sento-me. Pão. Manteiga. Xícara. Café. Leite. Mistura. Pão. Geleia. Mordida. Guardanapo de papel. Maldição. Meu batom. Xícara vazia. Pouso-a na mesa. Levanto-me. Deixo a sala de jantar. Há pessoas nesta casa para arrumar isso para você.

Subo as escadas. De volta ao meu quarto. Retoco o batom. A toalha que havia deixado no chão não está mais ali. Uma das janelas ainda tem as cortinas fechadas. Aquela que dá para o quintal. Abro-as.

Cinzento. Árvores de folhas verde-escuras. Vento. Folhas secas sendo carregadas, arrastadas. Piscina. Não seria uma boa ideia. Quadra de basquete. Quadra de tênis. Cão.

Cão? Não me lembro de haver um cão nesta casa. O que ele faz ali, deitado na quadra de tênis? Talvez seja de algum vizinho que o deixou escapar, e então veio parar aqui. É melhor avisar minha mãe. *Clac.*

Um som abafado a cada passo meu em cima deste carpete bordô e grosso. Luminárias de luz incandescente nestes corredores, tentando combater a escuridão que há aqui. Onde estará minha mãe a estas horas? Quadros. Quadros. Quadros. Esfregando roupas no tanque? Seria engraçado vê-la nessa situação. Desço as escadas.

Minha família sempre chamava o mesmo artista para pintá-los, até que este morreu. Então tiveram de contratar outro, que por acaso pinta exatamente como o anterior. Talvez ela esteja na sala de ginástica. Foi esse novo artista que me pintou. Ou melhor, pintou o quadro da minha imagem. Quando era bebê, nos braços da minha mãe, ao lado do meu pai. Quando criança, em pé, entre meu pai e minha mãe. Quando adolescente, sozinha. É esse o quadro que está pendurado agora em alguma parede nesta casa.

Há quadros da família em grupo também. Minha mãe, meu pai, eu e meu irmão. Nós quatro, mais avós, tios, primos. Passo pela sala de jantar. A mesa está limpa, arrumada.

A cada cinco anos um novo quadro de cada membro da família é pintado para substituir o antigo. Este é embrulhado em papel e guardado no sótão.

Quando minha bisavó morreu, eu era pequena. Não me lembro dela. Não me lembro de nada sobre ela. Mas sei como sua aparência era. Como era por fora, ao menos. Quando alguém desta família morre, o último quadro que foi pintado é o que fica na parede.

Espere um momento. Que mau cheiro foi aquele? Volto alguns passos. É horrível. Parece estar vindo daqui. Dali de dentro. Mas este é o escritório do meu pai. Maçaneta. Frio. *Clac*. Abro a porta.

O cheiro fica muito mais forte, atingindo meu nariz como um soco. Viro o rosto tapando o nariz. Pai? Não o vejo lá dentro. Mas é ali onde deveria estar. Que fedor. De onde está vindo?

Volto os olhos para o escritório. Vazio. Uma luz branca, fraca, fria, entrando pelas janelas, banhando todo o cômodo. O sofá de couro preto. As prateleiras. Os livros nas prateleiras. A mesa oposta à porta, em frente à janela. Entro. Olho para os lados. Ninguém. Nada que possa estar exalando esse mau cheiro insuportável. Ando em direção à mesa. Passos lentos. Silenciosos. A cadeira está fora do lugar. Há algo ali no chão. Algo grande.

Os pelos da nuca arrepiam. A respiração para. As pupilas dilatam. Os músculos ficam tensos. O coração dispara. Inspiro fundo. Grito. Grito alto. Grito muito alto.

Saio correndo. Passos largos, rápidos. Sons abafados. Alguém. Alguém? Qualquer um.

Sala de jantar. Ninguém. Subo correndo as escadas. Corredores. Esquerda. Direita. Sons abafados. *Clac*. Abro a porta do quarto dos meus pais. Ninguém. Minhas pernas tremem. Ninguém. Minha mão segurando a maçaneta treme. Ninguém. Onde estão? Tenho de encontrar alguém.

Banheiro do quarto dos meus pais. Ninguém. Quarto do meu irmão. Ninguém. Quarto de hóspedes. Ninguém. Outro quarto de hóspedes. Ninguém. Outro. E outro. Ninguém. Sala de jogos. Sala de estar. Sala de televisão. Biblioteca. Adega. Dispensa. Outra dispensa. Cozinha. Lavanderia. Garagem. Ninguém.

Talvez lá fora? Na sala de estar abro uma das portas de vidro que dão para o quintal. Saio. Vento gelado. Folhas sendo arrastadas. Edícula. Ninguém. Piscina. Ninguém. Não que esperasse encontrar alguém ali. Quadra de basquete. Quadra de tênis. Ninguém. Ninguém além daquele cão que vi antes. Seus pelos balançando ao vento. Meus cabelos balançando ao vento.

Estranho. Por que está aqui? Por que ainda está aqui? Por que ainda está deitado na mesma posição em que o vi antes? *Psit!* Por que não se move? O vento muda de direção.

Não. Aquele cheiro de novo não. Outra vez ponho minha mão sobre o nariz. Passos lentos em direção ao cão. Começo a notar que talvez não seja um cão. Sons secos no cimento a cada passo meu. Realmente acho que não é um cão. Outra vez não. Outro não.

O que está acontecendo? Não é um cão. É um lobo. Um lobo morto. Seu pelo está imundo. Sua boca, aberta. Vermes rastejam-se. Entrando. Saindo. Mau cheiro. Moscas. Zumbido. Corro de volta para dentro da casa.

Grito pela minha mãe. Espero. Silêncio. Nenhuma resposta. Sala de ginástica. Esqueci-me da sala de ginástica. Corro para lá. Direita. Passos abafados. Esquerda. Paro bruscamente.

Pelos da nuca arrepiam. Tapo minha boca com a mão direita. Lentamente, ajoelho-me no chão, apoiando-me na parede com a mão esquerda. De novo o cheiro. Um gato no meio do corredor. Nunca houve um gato nesta casa. Posso ver os vermes daqui. Sua carne já se desfaz. O que está acontecendo? Arranho minha garganta. Onde estão vocês?! Silêncio. Nada além da minha respiração inconstante.

Enxugo as lágrimas com a mão direita. Levanto, segurando-me à parede com a esquerda. Vou em direção ao gato. Paro em frente ao animal. A porta da sala de ginástica ao lado.

Seus olhos, há tempos foram degustados pelos vermes. Agora as cavidades oculares servem como porta de entrada para os seres rastejantes banquetearem-se com os órgãos do pobre bicho. *Clac.* Ninguém na sala de ginástica.

Estou cansada. Confusa. O que devo fazer? Por que não consigo encontrar alguém? Saio dali. Passos lentos, leves. Som nenhum. Coloco a mão no corrimão. Minhas pernas nunca pareceram tão pesadas para subir estas escadas.

Clac. Meu quarto. Meu banheiro. Olho-me no espelho. As lágrimas deixaram um rastro de rímel ao descer por meu rosto. Enxugá-las só manchou mais. Manchas pretas nas mãos.

Ligo a torneira. Coloco minhas mãos debaixo da água, enchendo-as. Gelada. Lavo o rosto. Tiro uma toalha branca do cabide. Enxugo. Manchas pretas na toalha branca. Pergunto-me se há alguém para limpá-las para mim.

Deixo meu quarto. Passos fracos. Silenciosos. Aqui está meu quadro. Ou, o quadro com minha imagem. Não sei de quem é isto. Meu? De quem o pintou? Da família? Não importa. O que eu sei é que me lembro desse dia.

Maldito dia. Maldita semana. Maldito mês. Maldito ano. Havia já algum tempo que as coisas vinham ficando ruins para mim. Acho que, quando você entra na adolescência, começa a ver as coisas de uma forma diferente. Diferente de como via quando criança. O mundo, as pessoas nele. Começa a enxergar além de apenas ver. Deve ter sido isso o que fez as coisas mudarem tanto para mim.

Com esse novo modo de ver o mundo, percebi que o homem vai muito além da sua superfície. Muito além do que aparenta ser à primeira vista. Então, comecei a cavar as pessoas para descobrir o que havia por baixo. Acho que fiquei muito desapontada. Com todos. Com todo o mundo. Tudo aquilo que o homem criou. E acredito que o pior para mim foi enxergar o que havia naqueles à minha volta. O que havia lá dentro. Dentro de cada um deles. Quem eles realmente eram por trás da imagem que pintaram de si mesmos.

Entender o que faz uma pessoa essa pessoa, o que as diferencia, qual o valor nelas, enxergar tudo isso, foi um enorme impacto. Um fardo que vou carregar para sempre comigo. Não tenho outra escolha. Não há como me livrar disso, partilhar ou deixar para trás. É meu, somente meu e sempre será.

Olhe para este quadro. Uma garota com um vestido no corpo e um sorriso no rosto. Mas aquele havia sido um maldito dia. Aquele sorriso era apenas superfície. Eu havia compreendido o que é incompreensão. Havia percebido o quanto aquilo era presente em minha vida, a incompreensão alheia.

Não que aqueles ao meu redor me questionassem. Por que ela não faz como nós? Vê como nós? Ouve como nós? Sente como nós? Se questionassem, talvez encontrassem uma resposta e assim conseguiriam compreender. Mas não. Não questionam e muito menos compreendem. Limitam-se a agir como a televisão lhes diz para agirem. Preocupam-se com aquilo que o vizinho vai pensar sobre suas atitudes. Condicionam-se a seguir padrões preestabelecidos, agir da mesma forma, a formar um laço matrimonial, a criar vida do nada para dar às suas algum sentido, algum propósito. E esquecem-se da capacidade de questionar. Ou sequer chegam a perceber que podem fazer isso.

Estou cansada. Pensando bem, não há ninguém à minha volta. Não há ninguém nesta casa. Deixo o quadro para trás com meu desabafo a mim mesma. Vou até o escritório do meu pai.

Mau cheiro. Antes mesmo de chegar à porta, já o sinto. *Clac*. Como foi parar ali atrás da mesa? Como entrou aqui? Horrível. Dou a volta na mesa, ficando de frente para ele. Como um cavalo entrou aqui?

O chorume escorrendo, sendo absorvido pelo carpete. Vermes rastejando-se no chão e no animal. Nada de olhos. Nada de língua. Podre. Putrefação. Um estado já avançado de decomposição.

Como esses animais chegaram aqui? Desde quando estão aqui? Por que só agora os percebi aqui? Penso, recuando. Em passos apressados, saio do escritório.

Espere. Olhe para estes quadros nas paredes. Todos eles. Rio entre lágrimas. É claro. Sempre estiveram aqui. Eu é que não os via. Somente agora consigo enxergá-los. Somente agora consegui cavar fundo o suficiente para ver quem realmente são. Todos podres. Todos malcheirosos.

Fazer parte de instituições que ditam quem devem ser. Consumir mídia que dita o que devem fazer. Frequentar estabelecimentos onde o diferente não é bem-vindo. Movimentar o corpo de forma aleatória, irracional e improvisada ao som de um produto artificial e descartável. Conversar sobre algo de que amanhã não vão se lembrar. Ler aquele livro depois do qual ainda serão a mesma pessoa que eram quando começaram. Cercar-se de pessoas que têm medo daquilo que não conhecem, do novo, medo de crescer, de conhecer, de enxergar, de descobrir, de inovar, pessoas que têm medo de questionar.

Mesmo que todo dia tenha de ser um maldito dia. Mesmo que assim viver seja tão difícil. Mesmo que por isso eu nunca tenha encontrado lugar para mim neste mundo. Mesmo que assim eu nunca tenha encontrado alguém para mim neste mundo, eu me privo desses atos e medos. Pois é isso o que faz de você quem você é. E nunca, jamais, quero ser como essas pessoas. Pois, assim como aqueles animais nesta casa, são a podridão deste mundo.

Esta casa fede. Tenho de sair daqui. Tenho de sair daqui agora. Caminho até a entrada. *Clac*. Abro a porta. Vento gelado. Saio. Levanto a cabeça. Olho para frente. Atravesso o jardim. Verde-escuro no chão. Cinza no céu. Chego aos portões. *Clac*.

Entro na rua. Muros cobertos por trepadeiras. Folhas secas sendo arrastadas pelo vento. Na calçada cinza. No asfalto preto. Começo a andar para longe da casa. Deve haver um lugar para mim neste mundo. Deve haver alguém para mim neste mundo.

Frio.

Tragam-me os suicidas

Sentado em minha cama, estou aqui faz algum tempo. A janela de meu quarto é virada para oeste. Daqui posso ver o sol se pôr. É para isso que estou aqui. Quero vê-lo perder aquele brilho tão forte, passar do branco para o laranja escuro, perder a força, descer o céu, esconder-se atrás daquelas colinas. Tapetes de girassóis.

Há muitos campos de girassóis nesta minha pequena cidade. A população daqui é basicamente agrícola. A economia são os girassóis. Não que isto seja relevante. Apenas aponto este fato para que saiba por que há tanto dessa flor por aqui.

O Sol está descendo. As nuvens no horizonte, trocando de cor. Passando do branco para o amarelo. Tudo está se tornando amarelo. A hora está chegando. Talvez deva ir buscá-la. É, vou buscá-la.

Milhares deles. Quando nos arredores desta cidade, olhe à sua volta, tudo o que verá serão girassóis. Girassóis sob um céu azul, sobre uma grama verde. Mas, sempre virados para o sol. Sempre com algo para guiá-los, para dar-lhes um rumo.

Abro a porta da garagem. Entro naquele cômodo escuro, empoeirado. Sei exatamente onde ela está. Sei exatamente onde ele esconde a chave. Tenho a chave. Abro o armário. Pego-a.

A maioria das pessoas daqui têm uma. Não sei por quê. Em uma cidade deste tamanho, o que poderia acontecer? Animais, talvez? Uma raposa ou outra aparece de vez em quando. Não precisam de uma arma para se protegerem. Não aqui, ao menos.

Preciso ir. Ele sempre chega ao anoitecer. Tenho de fazer isso antes que ele chegue. Prometi a mim mesmo que esta manhã foi a última vez que o vi.

A luz do Sol em meus olhos. Havia acabado de acordar. Vozes discutiam. Um homem. Uma mulher. Saí do meu quarto. Nunca devia ter feito isso. Ele olhou para mim. Veio em passos pesados. Agarrou-me pelos cabelos. Não vejo futuro para você, gritou em meu ouvido. Obrigado pelas palavras de conforto. Eram tudo o que eu precisava. Várias e várias outras daquelas frases entraram pelo meu ouvido junto de cuspe.

Tenho de voltar para meu quarto. Tenho de fazer isso. Saio da garagem com ela na mão. Olhe só para eles. Todos voltados ao Sol. Todos seguros de seu próximo passo.

Outra vez sentado em minha cama. Pouso a arma ao meu lado. Não vou fazer isso até que o céu se torne preto. Quero ver o sol se pôr uma última vez.

Assim que ele se esconder, os girassóis estarão perdidos. Mas sabem que assim que surgir o primeiro raio de um novo dia, terão um caminho para seguir. Sorte a dos girassóis. Há aqueles cujo sol uma vez se foi e nunca mais voltou. Outros que nasceram e vão morrer na escuridão.

Cada vez mais laranja. Cada vez mais baixo. Cada vez mais escuro. A cada vez que olho para o horizonte.

A hora está próxima. Não quero estar aqui para vê-lo. Para ver sua tentativa de afogar-se em uísque, e frustrado por não conseguir, vir puxar meus cabelos e os dela também.

Tocou os morros. Queria que estivesse indo mais devagar. Mas, não. Lá se vai. Lá se foi. Sem Sol, agora. É...

O céu vai perdendo sua cor amarela. Aquele tom pastel. Vai voltando ao azul. Escurecendo. Azul-escuro. Escurecendo. Os pássaros, parando de cantar. Coloco minha mão em cima da arma. Agarro-a. Vejo se está carregada. Viro-a para mim. Encosto-a em minha testa. Abro os olhos lacrimejantes. Preto. O último pássaro para de cantar. Aperto o gatilho.

O mistério do doutor Zavala

Era o meio da tarde. O céu estava tão escuro que todas as velas da cidade já estavam acesas. Ia começar a chover a qualquer momento. Uma chuva densa acompanhada de um vento forte. Relâmpagos e trovões.

O doutor Zavala encontrava-se em sua casa onde mantinha ambas suas profissões. Ele era barbeiro. Sim, barbeiro. Todavia, nas horas vagas, ou melhor, quando necessário, exercia a medicina. Para dizer a verdade, ele não era exatamente um médico. Sua especialidade eram amputações. Se você tivesse uma infecção tão severa que rum algum curasse, era até ele que você ia.

Naquela época, o antibiótico estava longe de ser inventado. Qualquer membro do corpo com uma grave infecção era amputado. E quando digo qualquer membro, era qualquer mesmo.

Juan estava com uma infecção logo abaixo do ombro. O que significava perder o braço todo. O doutor Zavala — acho que posso chamá-lo de doutor, todos o chamavam assim — estava fazendo os preparativos. Enquanto esperava a água esquentar, arrumava as bandagens. Verificava o sal. O rum. Limpava a faca de desmembramento. O serrote, também.

A faca era bela. Tinha uma lâmina curva, lustrada. O cabo era de marfim entalhado. Desenhos que representavam o mar e as aventuras do doutor nele. O serrote não era diferente. Uma lâmina dentada, polida. Um cabo de marfim entalhado. Porém, os desenhos deste mostravam nada mais do que a habilidade do entalhador. Todos esses ornamentos eram perfeitos habitats para bactérias.

Após terminar os preparativos, era chegada a hora. Na sala, estavam presentes o doutor e o paciente, obviamente, e mais três homens. Jaime, pai do jovem infeccionado, Tomás e Jorge. Estes dois últimos, dois barões que, digamos aqui, estavam lá por mera curiosidade.

O rapaz, deitado na mesa, com o tronco despido, tomava goles da garrafa de rum. Todos dispostos ao redor dele. "Prontos, então? Vamos lá." Disse o doutor Zavala pegando a faca. Jaime segurou o jovem pelo braço esquerdo. O direito era aquele que seria talhado. Desse lado estava o doutor. Tomás ficou encarregado de segurar as pernas. Jorge, a cabeça.

Um último gole. A garrafa foi tirada dele. Deu-se início à amputação.

Vagarosamente, o doutor começou a passar a lâmina ao redor da parte superior do braço, cortando a pele logo acima da infecção.

Esse procedimento usualmente era rápido. De uma só vez cortava-se pele e carne, chegando direto ao osso. Isso, é claro, se o médico fosse habilidoso. Nem sempre acontecia assim. Às vezes, era preciso repetir o golpe. Cortar mais de uma vez e talvez outra e outra e outra.

Mas Zavala era diferente. Ele fazia durar. Ia passo por passo. Tecido por tecido.

Então havia cortado a pele. Pouco sangue escorreu. Pouca dor o rapaz sentiu. Apenas fechou os olhos. Franziu a testa. O doutor pegou uma toalha branca. Limpou o sangue no braço do jovem. Até ali havia sido fácil. O pior ainda estava por vir.

Chegou a hora de cortar o músculo. Novamente, usando a faca, fazendo mais força do que havia feito antes, passou outra vez a lâmina em torno do braço do rapaz. Agora a quantidade de sangue havia sido maior. Os olhos fecharam-se com mais força. A testa enrugou-se completamente. Um gemido agonizante. Doeu. Doeu muito. Mas o músculo não havia sido cortado por todo. Mais uma vez a faca encostou-se ao braço.

A lâmina entrou no corte. Zavala pressionou-a. Voltou a cortar. Tocou o osso. Continuou deslizando a faca de desmembramento, contornando a carne enquanto o metal ia raspando no osso. O rapaz contorcia-se. Gritava, sentindo uma grande dor. Mais sangue verteu. Uma quantidade bem maior que a dos cortes anteriores. E a parte mais dolorosa ainda não havia passado.

Perguntava-me se saía sangue quando um osso de alguém vivo era serrado.

"Segurem-no bem, senhores.", pediu o doutor Zavala. Pegou o serrote. Respirou fundo. Pousou a ferramenta no osso. Começou.

A lâmina dentada ia passando pelo osso. Um ruído horripilante ia sendo ouvido. Nesse momento de pura agonia, pura dor, Zavala mostrava certo brilho nos olhos. Posso até dizer que um leve sorriso no canto da boca escapou-lhe. Ninguém notou, mas aconteceu.

A lâmina passou uma última vez. O braço soltou-se do resto do corpo. Pousando o membro na mesa onde estavam seus utensílios, o doutor disse, "Muito bem. Está quase terminado." Só faltava estancar o sangue.

Zavala pôs a mão no pote de sal, enchendo-a. Colocou tudo aquilo no coto do rapaz. O jovem, que já tinha o rosto coberto por lágrimas misturadas ao suor, soltou seu último grito ali.

A ferida foi enfaixada. Todos os presentes, dispensados. Vestiram suas capas. Saíram debaixo da chuva. Juan entrou, auxiliado, em uma carruagem. Juntamente de seu pai, partiram. Os outros dois seguiram seus caminhos a pé.

Começava a anoitecer, o que não fazia diferença. O doutor Zavala limpou todo o sangue. Da faca. Do serrote. Da mesa. Do chão. Pegou uma bacia de metal. Encheu-a com água. Despejou algumas colheres de sal. Pegou o braço amputado. Colocou-o na salmoura que acabara de preparar.

Saiu da sala onde ocorreu a cirurgia. Caminhou pelos corredores de sua casa. Chegou a uma porta que tinha quatro fechaduras. Destrancou-as. Abriu. Levando consigo a bacia com o braço, entrou. Fechou a porta. Trancou cada uma das fechaduras.

No dia seguinte, pela manhã, Zavala ia até ao centro da cidade tratar de alguns assuntos de sua pessoa, quando topou com Tomás. Cumprimentou-o dizendo: "Bom dia, barão". Este respondeu aproveitando para perguntar como estava a esposa. Apesar da pergunta quase certamente ter sido apenas por bons modos, e o doutor sabia disso, foi respondida. Logo em seguida, Tomás fez outra pergunta. Esta de nada agradou ao doutor Zavala.

"Doutor Zavala. Ontem, depois da amputação, quando estava a retirar-me de sua casa, notei uma porta com quatro fechaduras. O que é que o doutor mantém tão bem guardado lá?"

A respiração de Zavala tornou-se pesada. A testa franziu. Ele queria enfrentar o barão, bem ali. Dizer-lhe que era um porco curioso, sem o mínimo de nobreza. Mas não. Ele podia controlar-se. Era capaz disso. Além do mais, se agisse de tal forma, apenas aumentaria a curiosidade de Tomás.

Então respirou fundo e calmamente respondeu, dizendo que lá guardava uma coleção de objetos artesanais vindos de terras longínquas. Objetos feitos pelas mãos de selvagens incivilizados, comprados de marinheiros recém-chegados de terras recém-descobertas.

O barão Tomás, com toda a sua ingenuidade, acreditou em tudo o que o doutor lhe disse. Seguiu seu caminho, deixando Zavala em paz.

Ao se ver livre do paspalho, o doutor mudou seu rumo, seguindo então às docas. Lá encontrou-se com um marinheiro ao qual mostrou um pequeno saco contendo moedas de ouro. O marinheiro conferiu o peso do saco. Fez um sinal para que Zavala o seguisse.

Subiram a bordo de um navio que parecia ter aportado naquela mesma manhã, apenas algumas horas antes. Vários marujos descarregavam caixas e mais caixas de diferentes produtos vindos de alguma colônia.

O marinheiro entrou no porão daquela embarcação. O doutor o seguiu. Um minuto depois, saiu de lá quem parecia ser o capitão. Atrás dele vieram Zavala e o marinheiro. Porém, o saco de moedas de ouro estava agora nas mãos do capitão, que parecia muito satisfeito com a venda que acabava de fazer, embora quem tivesse o semblante vibrante, magnamente satisfeito fosse o doutor Zavala, devido à compra que acabava de fazer.

Aquilo que nosso querido doutor Zavala disse ao barão Tomás sobre o conteúdo de tal sala misteriosa, era apenas parte da verdade, ou talvez seja melhor dizer, algumas partes. Pois realmente guardava lá uma coleção e, de fato, seus itens eram provindos de terras longínquas. Quanto ao que disse sobre serem objetos e feitos pelas mãos de selvagens, isso sim, era mentira.

Ao chegar em casa após a compra feita nas docas, Zavala outra vez teve de encarar perguntas sobre a misteriosa sala. Desta vez, quem o interrogou foi sua esposa.

Ela havia sido instigada pela esposa do barão Tomás durante um chá que tomaram juntas naquela manhã. É claro que a esposa do barão sabia de tal sala porque o mesmo lhe havia contado.

Zavala, amaldiçoando o Barão em pensamento, lembrou à esposa do acordo que travaram quando foram morar naquela casa. Que ele teria uma sala somente para ele. Uma sala para que pudesse guardar uma coleção que começaria e que ninguém precisaria entrar lá.

Na verdade, isso foi mais uma decisão tomada por Zavala do que um acordo propriamente. Ela ficou calada, mas a curiosidade a corroía.

Passaram-se alguns dias. Nada nesse período foi dito sobre a sala. O tempo continuava fechado. Nuvens negras, baixas. Ventos assobiando nas janelas, apagando velas. Até que em uma noite, ou talvez já fosse madrugada, ocorreu na casa do doutor algo terrível.

Acontecia que Zavala era um homem insone. Além de demorar a dormir, era facilmente acordado. Pois foi o que aconteceu quando sua esposa levantou-se da cama naquela noite. Por mais que ela o tenha feito devagar e silenciosamente, foi o suficiente para acordá-lo.

Intrigado com a atitude dela, pois nunca a havia visto levantar-se pela madrugada, resolveu permanecer calado, fingindo dormir, a fim de ver o que sua esposa faria.

Ela deixou o quarto. Assim que o fez, Zavala levantou-se. Ficando fora da luz dos relâmpagos que entrava constantemente pelas janelas, ouvindo trovões que as estremeciam, seguiu-a. Foi atrás dela até que ela parou. Para a ira de Zavala, ela parou bem à frente da porta de sua sala secreta.

Ela mexeu em sua roupa. Tirou de lá um molho de quatro chaves. Eram exatamente as que Zavala mantinha consigo.

Eram as únicas existentes. Não havia cópias. "Como ela as tirou de mim", perguntava-se, quase de certeza, o doutor.

Ele sabia que se a impedisse, isso serviria apenas para aumentar sua curiosidade. De qualquer forma, mais cedo ou mais tarde, ela acabaria descobrindo o que havia lá dentro. Por isso, deixou que abrisse a porta.

Abriu uma fechadura. Abriu outra. Outra. Por fim, a última. Tocou o metal gelado da maçaneta. Girou-a. Empurrou a porta vagarosamente, esperando que não rangesse. Deu um passo, adentrado a sala. Acendeu uma vela.

Mas assim que o fogo iluminou o cômodo, em um lapso, largou a vela, deixando-a cair no chão, ao mesmo tempo em que soltava um murmúrio de pavor.

Abaixou-se. Pegou a vela. Acendeu-a novamente. Outra vez a sala encheu-se daquela luz tremula e amarela. Desta vez, contendo seu horror, ela aproximou-se da coleção.

É curioso como um ser vivo pode vir a se tornar um mero objeto. Como se pode partir de um cadáver e terminar com um artefato decorativo? Isso acontece quando um animal é embalsamado.

Ela se afastou da porta, adentrando ainda mais na sala. Olhou ao redor. Havia vários deles. Vários primatas de diferentes espécies. Todos trazidos de terras longínquas, em navios mercantes, para serem vendidos no cais. Porém, não foi isso o que horrorizou a esposa de Zavala e sim, aquilo que havia sido feito com os animais antes de serem embalsamados.

Cada um deles tinha um membro amputado e substituído pelo respectivo membro, porém, humano.

Como o pequeno macaco com quatro dedos de homem na mão esquerda. Ou o chimpanzé com uma perna de mulher. Em alguns casos essa troca era até bem desproporcional, como o lêmure com um braço direito de homem.

Ela percorreu toda a sala. Trêmula. Pasma. Não acreditava naquilo que seus olhos viam. Teria mesmo sido seu marido quem fez todas aquelas atrocidades? Por quanto tempo ele vinha fazendo aquilo sem que ela sequer desconfiasse de algo?

Mas é claro. O que ele fazia com aqueles membros que eram amputados? Ela nunca o havia visto enterrar um dedo sequer. Olhou mais uma vez ao redor. Foi em direção à porta. Tinha de sair dali o mais rápido possível. Porém, assim que passou pela porta, ele a pegou.

O tempo havia melhorado. O céu estava apenas nublado. O vento, brando. O dia de fato parecia dia. Até as gaivotas voavam pelo céu, carregando peixes podres cheirando a carniça com seus interiores cheios de vermes, que encontravam jogados nas ruas.

Em meio à fala das gaivotas, cascos de cavalos e rodas de carroças batendo nas pedras das ruas e do barulho de crianças brincando na praça, ouviu-se um grito. Um grito vindo da casa de Zavala.

Todos sabiam o que acontecia lá. Também desejavam nunca ter de entrar naquela casa. Apenas alguns homens aventuravam-se indo até a casa do doutor. Porém, faziam isso apenas para terem a barba feita. Mesmo assim, calafrios desciam-lhes a espinha ao ver Zavala com uma navalha na mão e imaginar que um dia poderia ser um serrote.

Esse infortúnio veio para aquele homem que havia gritado. Um velho pescador com uma ferida terrivelmente infecionada na perna direita. Toda a parte abaixo do joelho estava preta, cheia de pus. Zavala fazia a amputação da perna toda. A lâmina do serrote já não era o que fora um dia. Serrar aquele osso foi bem mais demorado do que deveria ter sido. Mas a perna foi amputada. O sangue estancado. O homem levado embora.

Zavala, como sempre fazia, limpou todo o sangue. Na faca. No serrote. Na mesa. No chão. Nele mesmo. Só então pegou a bacia contendo a perna em salmoura. Esta, dobrada no joelho para que coubesse no recipiente. Levou-a até a sala já não tão misteriosa. Destrancou as quatro fechaduras. Abriu.

Agora, a primeira coisa que se vê, bem no centro da sala, é um orangotango embalsamado. Só que no lugar de sua cabeça peluda de símio, está a cabeça da esposa do doutor Zavala.

Os céus vão queimar teus olhos

"Pare. Por que você está fazendo isso? Quero vê-lo. Vai ficar cego. Isso sim é o que vai conseguir. Vamos. Está na hora de irmos para casa. Você sabe como sua mãe é quando você demora a chegar.

Vamos voltar pela trilha do riacho. Assim aproveitamos para passar pela cachoeira. Boa ideia. Podíamos também passar pela rua da casa da Dani, quem sabe não a encontramos por lá. Por quê? Você quer conversar com ela? Não. Nada a ver. Quer sim. Dar uns amassos, também. Oi, dona mãe da Dani. Eu sou o Mateus. Vim dar umas bitocas na sua filha. *Smack. Smack. Smack.* Pare com isso. Há. Há.

Você é quem deveria parar de olhar para cima desse jeito. Vai ter torcicolo, e provavelmente, ficar cego antes disso. Para que você pegou esse pedaço de pau? Sei lá. Cajado. Espada. Sei lá. Vamos indo. Já está começando a escurecer.

O que foi? Tem medo do escuro? Dani, posso ficar aqui com você? Já escureceu e tenho medo de continuar até minha casa à noite. Cale a boca. Nada a ver. Minha mãe. Foi você mesmo quem disse. Sabe como ela fica quando demoro a chegar.

Estamos perto do riacho. Já posso ouvi-lo. Não ouço nada. Só o vento passando pelas folhas das árvores. Talvez seja isso o que você está ouvindo. É o riacho, sim. Vamos. Corre.

Não disse que estávamos perto. Ei. Caracóis. Que tal levar um para dar à Dani. Aposto que ela vai adorar. Muito engraçado. Vamos seguir o riacho até a cachoeira.

Pegue um cajado, também. Não. Pegue. Não quero. Por que não? Para que vou querer um cajado? Sei lá. Para abrir caminho pela selva? Assim. Não quero um cajado.

Sabe. Lembra-se dos caras da quarta B? Não queria lembrar, mas você não me deixa esquecer. O que vai fazer da próxima vez que te encherem? Não sei. Fingir que não os vi, nem ouvi. Você deveria dar uma porrada neles. Você pode me chamar para a briga, sabia? Devia mesmo dar uma porrada neles. Ou não. Isso é o que eles esperam. Ignorá-los é uma ideia bem melhor. Se partisse para a briga, seria como um deles. É. Você tem razão. Não merecem tua atenção.

A cachoeira. Chegamos. Uhuu. Não. Meu cajado. Espere. Não passe pela cachoeira antes de mim. Estou passando. Está muito boa. Passe logo. Lá vou eu. Aaaaaah. Você é louco. Ficou parado debaixo da cachoeira. Vamos lá. Fique você parado lá debaixo, também. Não. Você sabe o que minha mãe diria se eu aparecesse em casa encharcado como você está agora.

O que você está vendo aí no chão? Mais caracóis. Você tem sal? Claro. Sempre ando com um pouco de sal no bolso. Eles derretem se você jogar sal neles. Vamos embora daqui. Começam a soltar uma espuma.

Outra vez? O que você tanto quer ver nele? Não sei. O que tem por trás de todo aquele brilho, acho. Você vai ficar cego. Por que será que não nos deixa vê-lo? Sério? É nisso em que você pensa? Eu vou embora, então.

Você não acha curioso, também? Curioso, o quê? Ele ser tão importante para nós e não nos deixar vê-lo. Sequer deixa--nos chegar perto. Fica escondido por trás daquele brilho. Cara, do que você está falando? É sério. Pense. Por que se esconde? Por que teria algo a esconder?

Eu tenho minha roupa ensopada a esconder. Não. Você não tem. Hum. A casa da Dani é logo ali, virando a esquina. Sabe, dona mãe da Dani, outro dia, no colégio, nós... Cale a boca... estávamos jogando verdade ou consequência... Cale a boca. Há. Há. Seu... Tá bom. Parei.

Olhe para frente. Ele vai te cegar se você não parar com isso. Lá está a casa da Dani. Vou gritar o nome dela, imitando a tua voz. Pare. Nem pense nisso. Vou sim. Não vai. Está bem. Não vou.

Por que você parou? Por que parou em frente à casa dela? Vamos sair daqui logo. Certeza que você não quer falar com ela? Dizer, oi? Boa noite, seu pai da Dani. Estou aqui para pedir a... *Dlin! Dlon!* Idiota! Há! Há! Há! Corre! Por que você fez isso?! Você é muito idiota. He. He. He. Quantos anos você tem?

Espere. Estou cansado. Já estamos longe da casa dela, mesmo. Você é muito idiota. Pode ser. Mas que foi divertido, foi. Não foi? Diga. He. He. É. Foi divertido, sim.

Pois é. Então. Olhe lá, agora que está tocando o horizonte. Vamos andando. Estamos quase em sua casa. Já não brilha tanto. Consegue ver o que queria?

...

Tão tranquilo agora. Derramando uma luz tão suave. Um brilho tão confortável.

Por que no resto do tempo despeja sobre nós aquela luz tão forte que queima e arde tanto?

Cara, você falou difícil agora. Sei lá. Mas é melhor o deixarmos em paz. Se não, vai acabar queimando nossos olhos.

Mãe, cheguei."

Amarílis do amor

Há um peixe podre em cima da tábua de corte. Está ali faz alguns dias. Um bando de moscas o envolve. Sobrevoando. Botando ovos. Larvas rastejam-se ali. Deliciam-se com a carne do animal. Um fedor horrível exala daquela carcaça. Não sei por que não o tiro dali, jogo-o fora. Não sei por que fico aqui sentado nesta cadeira no meio da cozinha, contemplando esta putrefação.

Ouço um gemido. É melhor ir ver como ela está. Tenho de desviar o olhar de cima do cadáver. Tenho de ir vê-la. Apago o cigarro. Vou até ao nosso quarto.

Lá está ela. Deitada na cama. Aproximo-me. Toco seu rosto. Queima em febre. Não posso perdê-la. Não sei mais o que é viver sem ela. Vamos trocar os curativos, ver como estão as feridas, eu lhe digo.

Levanto o lençol. Sinto o cheiro. O cheiro de podridão. Está piorando. Posso ver isso. Começo pela perna direita. Esta foi lacerada do pé ao joelho. Lentamente vou tirando as bandagens. Sangue e pus grudam as faixas de gaze em sua carne, causando-lhe dor quando as puxo. Digo-lhe que já vai passar, que aquilo tem de ser feito.

A ferida, uma porção de carne infeccionada, cheia de um exsudato malcheiroso. Maldito animal. Eu disse a ela para não sair sozinha durante o verão.

Limpo com álcool e água oxigenada. Cubro com novas bandagens. Vamos à perna esquerda.

Esta não está tão ferida. Ao menos não em comparação à outra. Apenas foi rasgada, aberta em alguns pontos. Vários pontos.

Tiro as bandagens. A mesma coisa. Mais pus. Mais dor. O mau cheiro de pus seco. No que se tornaram as lindas pernas de minha esposa? Desinfeto. Novas bandagens. Faço-a tomar um antibiótico. O único que tínhamos aqui em casa. Nem sei se é para esse tipo de infecção. Não deve ser. Não parece estar fazendo efeito. Beijo-a na testa. Volto à cozinha.

Varejeiras sobrevoam o que resta da criatura fétida, deixando ali seus descendentes. Sentado aqui, consigo sentir o cheiro de peixe podre. É pior do que o exalado pelas pernas de minha esposa. É bem pior. Talvez seja por isso que estou aqui. Para ver algo em situação pior do que a dela.

A situação dela está piorando. Devia levá-la a um hospital. Não. Não posso fazer isso. Não foi esse nosso acordo.

Mudamo-nos para cá, porque queríamos o gosto do isolamento. Acreditávamos que era o que precisávamos. Era o que queríamos. Por isso escolhemos aqui, uma casa no meio de um bosque de taiga beirando o Círculo Polar Ártico no Canadá. Um lugar onde ninguém pudesse nos atingir. Aquele animal fez isso.

Decidimos que a interação com outras pessoas seria a mínima possível. Isso parece ser necessário agora. Parece ser preciso quebrar esse acordo. Ela precisa de intervenção médica.

Um líquido escuro vaza do peixe. Escorre pela tábua até a mesa. Alguns dias se passaram. Ela não melhorou. Temo que esteja ainda pior. Estou perdido sem ela. Não voltarei à cidade. Não ficarei aqui em solidão.

Todos os dias tento encontrar o animal que fez isso com ela. Espalhei armadilhas por toda a parte. Verifico as mesmas mais de uma vez por dia. Até agora nada. Quando encontrá-lo, darei a ele uma morte rápida, pois não tem consciência do que fez. Sendo assim, não merece sofrer. Mas, sua morte trará a mim certo alívio.

Sim, ela está piorando. E cada vez mais. As feridas estão pretas. Podres. As pernas estão morrendo. Não sei o que fazer. Ela queima em febre. Chega a ter alucinações. Tento fazer com que a temperatura baixe. Não adianta muito. Fui até a vila mais próxima. Há uma farmácia lá. Comprei vários antibióticos. Não estão funcionando.

O peixe é agora uma carapaça preta, dura. O cheiro já não é tão forte. Fico aqui, na cozinha, nesta cadeira, a maior parte do dia, observando a criatura apodrecendo, recordando momentos junto de minha esposa.

Conheci-a em uma livraria em Londres. Ela sentava-se a uma mesa, tomando um *cappuccino* com chocolate e lendo um livro de poemas. Era o mesmo livro que eu tinha em minhas mãos. Sentei-me à sua frente, à sua mesa. Ela olhou para mim por cima do livro.

Disse-lhe oi, aterrorizado com o fato de que ela poderia não me cumprimentar de volta. Oi. Aquele foi o mais belo sorriso que eu havia visto em toda a minha vida.

O escritor do livro que tínhamos em mãos ia estar naquela livraria para uma sessão de autógrafos no próximo fim de semana. Foi minha oportunidade de convidá-la para um primeiro encontro.

No domingo à noite, quando cheguei à livraria, fui direto para o café. Ela não estava lá. Comecei a pensar que ela não ia vir. Que nunca mais ia vê-la. Mas ela já estava lá, na seção de música, com fones de ouvido.

Perguntei-lhe quem era o artista. Essa conversa estendeu-se por todas as prateleiras de CDs. O que ela ouvia. O que eu ouvia. Quando os itens do assunto esgotaram-se, o poeta já havia cumprido sua parte do contrato e ido embora. Tudo bem. No fundo não estávamos lá para isso mesmo. A sessão de autógrafos era apenas uma desculpa para nos vermos outra vez.

Só resta o esqueleto do peixe em cima da tábua. Depois de passar a manhã aqui, olhando para o resto do animal, contorcendo-me sem sair do lugar pela agonia de vê-la seguir o mesmo caminho, apago o cigarro fechando-o em minhas mãos.

Caminho vagarosamente até ao quarto. Não quero chegar lá nunca. Não aguento mais vê-la daquela forma. Estou cansado. Isso começa a me parecer um absurdo. Vou levá-la ao hospital. Isso não está certo. Vou levá-la, sim. Apresso o passo.

Ela está ensopada de suor. Treme absurdamente. Tiro o lençol de cima dela. Tento levantá-la em meus braços, dizendo que vou levá-la ao hospital. Ela geme. Não consegue mexer-se.

Não consigo levantá-la. Digo a ela que tem de me ajudar, que precisamos ir ao hospital.

Ela delira, não parece fazer ideia do que está acontecendo. Não consigo tirá-la da cama. Por favor, querida, me ajude, temos de ir. Por favor. Vamos lá. Você consegue. Ajude-me a levantá-la. Por favor. Por favor.

O que eu estou fazendo? É tarde demais. Demorei demais para perceber o quão imbecil fomos, o quão imbecil eu estava sendo. No que estávamos pensando? Não esperávamos que algo assim fosse acontecer, é claro. Tarde demais. Tarde demais.

Molho uma toalha em água fria. Pouso-a em sua testa. Sento-me ao seu lado. Seguro sua mão. Beijo seus lábios. Encosto meu rosto ao dela. Queima. Fico aqui, ao seu lado, sentindo sua pulsação desvanecer, sua temperatura baixar... A última batida de seu coração.

Todos os pensamentos em minha cabeça desaparecem. Fico aqui segurando sua mão, com minha mente vazia... Meus ouvidos pararam de funcionar. Ou todos os pássaros pararam de cantar e o vento de soprar... Nenhum pensamento... Nem um sentimento...

Até que sua pele torna-se gelada. Então, levanto-me. Delicadamente tiro sua roupa. Peça por peça vou despindo-a até estar toda nua. Estas pernas eram lindas. Isso não deveria ter acontecido. Pego o lençol que a cobria. Enrolo-o em seu corpo, fazendo dele uma mortalha. Beijo seus lábios pela última vez. Cubro seu rosto.

Saio do quarto. Pego uma pá na garagem. Levo a pá para fora. Volto para o quarto. Ajoelho-me ao lado de minha esposa.

Levanto-a em meus braços. Se ela ao menos tivesse conseguido largar os braços e pernas eu poderia ter conseguido levantá-la. Poderia tê-la levado ao hospital. Poderíamos ter tido uma chance.

Trago-a para fora de casa. Pouso-a no chão, na terra seca. Pego a pá. Finco-a no chão. Abro um buraco. Faço uma cova. Enterro minha esposa. O corpo de minha esposa. A mais árdua tarefa. O pior dia de minha vida.

Fico aqui ao lado da cova, parado, olhando para as sombras. Observando-as caminharem até ao outro lado de seus donos... Ouço uma pinha bater no chão.

Inspiro. Parece ser a primeira respiração há anos. Entro em casa. Saio com o esqueleto do peixe em uma das mãos. Uma vara de pesca na outra. Desarmo todas as armadilhas para ursos que espalhei pelo bosque. Sigo para o rio. Volto com um salmão.

Dentro de casa, guardo a vara de pesca. As armadilhas, também. Coloco o peixe na tábua de corte. Sento-me na cadeira no meio da cozinha.

Agora sou eu quem vai apodrecer.